大森藤ノ
Fujino Omori

插畫
はいむらきよたか
Kiyotaka Haimura

角色原案
ヤスダスズヒト
Suzuhito Yasuda

艾絲・華倫斯坦

歐拉麗當中最強的Lv.6女性劍士，人類。

在地下城尋求邂逅是否搞錯了什麼 外傳

劍姬神聖譚5

CONTENTS

瞪視蠢動的巨大獨眼，
捕捉到了呆立原地的蕾菲亞與貝爾。

里維莉雅・利歐斯・阿爾弗
【洛基眷族】副團長，精靈。
名符其實的迷宮都市最強魔導士。
『哈哈哈，就是啊。』
芬恩・迪姆那
統率眾人的【洛基眷族】團長。小人族。
帕魯姆
（又、又讓艾絲小姐……啜咕咕咕！）
蕾菲亞・維里迪斯
崇拜艾絲的精靈魔導士。

在地下城尋求邂逅是否搞錯了什麼　外傳
劍姬神聖譚 5

大森藤ノ

青文文庫

插畫　はいむらきよたか

角色原案　ヤスダスズヒト

序章

水與休憩的片刻

Гэта казка іншага сям'і.

Моманты вады і адпачынку

好舒服。

包覆全身的涼水觸感，讓艾絲心生這種想法。

（……呼。）

從自己嘴唇漏出的嘆息聲好遠，不只如此，周圍發出的水花聲，聽起來也像耳朵貼了一層膜般模糊，輕柔地啵啵作響的水泡滑動般撫觸耳朵與肌膚。

艾絲呈現有如剛出生的最原始姿態。

閉起眼瞼的容顏與形成雙峰的胸脯，還有纖細的肚臍與腹部。水滴滑過這些柔嫩肌膚，浮在水面上。美麗金髮擴散成扇形，與水嫩肢體一同在水中盪漾。

再加上可媲美女神的那副美貌，委身於空氣與水之境界線的模樣帶有神祕美感，甚至令人想起居住於森林泉水中的「仙精」。若是有繪畫天分之人，必定會想將這副美景封入一幅繪畫當中。

感覺緊繃的神經慢慢鬆開，全身到手腳末端凝固僵硬的疲勞漸漸溶化般，極致享受的時間。

只有現在她想忘記一切，讓這水世界擁抱自己。

震動著纖細喉嚨，艾絲又嘆了口氣，心裡如此想。

「……？」

忽然間。

閉起的眼瞼裡擴展的白光被遮住，有個影子覆蓋了艾絲的臉。

漂蕩的小水波觸感告知艾絲有人靠近自己，湊過來看自己的臉。

艾絲睜開眼瞼……只見臉頰泛紅的精靈少女就在自己眼前。

（蕾菲亞……？）

她嘴唇輕吐少女的名字，結果對方一手遮著鼻子與嘴巴，拚命解釋著些什麼。但她聽不太清楚，因為耳朵浸泡在水裡。

也許就跟主神說的一樣正值發育期，精靈少女一隻手遮著已經成長到跟自己相同程度的胸部，慌張失措。

總之艾絲先將雙腳踏在水底，站了起來。

「——所以不是這樣的，艾絲小姐！我絕不是看到在水面盪漾的艾絲小姐，覺得如夢似幻而看呆了……！不，我的確想到如果我有繪畫天分一定要把您的模樣封入繪畫中掛在房間裡裝飾……！但我完全沒有主神（洛基）那種邪念！只是不知不覺間就被吸引過來了……!!」

蕾菲亞漲紅了臉，拚命連聲講著些像是藉口的話。

至於當事人，絲毫沒有察覺晚輩精靈對自己懷抱的近乎崇拜之情。

艾絲不可思議地偏偏頭，忽然聽到開心笑鬧的聲音，轉過頭去，讓視野往側面擴展。

眼中映照出濃密綠葉、好幾棵樹木，以及藍水晶圍繞的大水池。

而泉水中有好幾名同伴——【洛基眷族】的各位女性團員，展現著裸體享受涼水澡之樂。

「呀——！好舒服喔——!!」

「拜託一下！又不是狗，不要這樣啦!?」

蒂奧娜把頭從岩石細縫間流出的細小瀑布中拔出來，發出歡呼。

看到親妹妹像小狗般用力把頭甩乾，姊姊蒂奧涅氣得大叫。兩人都絲毫無意遮掩健康的褐色肌膚、小蠻腰與豐滿胸部。

與艾絲擁有不同柔韌感的身體，就像女戰士(亞馬遜人)一樣有些煽情。

「各位身材都好好……讓我有一點點自卑。」

「不會啊，妳胸部不是也滿大的？」

「沒、沒有啦！我這只是胖而已……!?」

聽到少女(human)莉涅輕聲說著，用雙手搓洗臀部長出的細尾巴的貓人(cat people)安琪，扭轉著細腰告訴她。莉涅平時綁成辮子的長髮此時披散在背後，她臉紅起來，雙手遮住胸部。

擁有黑髮與黑色毛皮的安琪，聳聳她纖瘦的肩膀。

這位黑貓女孩雖然這樣說，自己也有著可稱為美乳的雙胸。

「不過啊，就鄙人的眼光看來，【洛基眷族】還真的是美女如雲呢，或許也只能說是主神(洛基)的喜好吧。」

在泉水遠處，獨自一人在高達十M(米度)以上的瀑布下修行的半矮人女性——椿撩起黑色瀏海走了過來。

她沒拿掉左眼眼罩，小麥色肌膚上一樣流下許多水滴，滑落在誘人的脖頸與雙胸深谷裡。平時以白布條包起的雙峰之巨大，可與蒂奧涅比美。

身為其他派系鐵匠（smith）的她，環顧各色種族的美女美少女們。

「男人們一定難以抗拒吧……要是他們跑來偷窺怎麼辦，亞莉希雅、娜維？」

「嚴懲不貸。尤其是如果敢偷窺王族（里維莉雅）大人的沐浴——我定會讓那人後悔不該被生下來。」

「啊哈哈……我覺得男生們想偷看也沒辦法吧。」

金髮亮麗的精靈與人類少女，回答椿的問題。

與第一級冒險者們（艾絲等人）一同進攻第59層的Ｌｖ．4第二級冒險者們，眼光看向裝備著弓箭與劍看守的其他女性團員。怪獸不用說，要是有男人敢出現在這少女的聖域，這些衛兵將會毫不留情地痛宰他們。

不愧是性好女色的主神進行勸誘，【洛基眷族】男女完全不成比例。就算把幹部們拉進來，純粹戰力差距恐怕還是女性陣容占優勢。【洛基眷族】的男性陣容比起人數多又有才幹的女性團員，其實是非常沒面子的。

精靈與人類的第二級冒險者帶著感謝，對接下來輪班看守的同仁揮揮手，亞人（demi-human）少女們也馬上回以笑容。

閉月羞花的純潔少女們褪下所有衣服與裝備，互相展露赤裸肌膚。

雖然人還在地下城裡，但暫時放鬆一下心情。

「啊啊——，我果然很喜歡第18層呢——。水晶很漂亮，水又很清澈。」

蒂奧娜在蒙上藍色光彩的森林泉水中無拘無束地仰泳，優哉游哉地回答。

艾絲覺得蒂奧娜說的沒錯。

在安全樓層（safety point）第50層或其他樓層也可以清洗身體，只要想的話，也可以利用湧泉或河川洗涼水澡。但即使如此，這第18層在地下城當中仍然獨一無二。

從樓層深處流出的水晶流水，比地表水源更美麗、清澈，人或怪物（怪獸）都能用它解渴，療癒身體疲勞。「迷宮樂園（Under Resort）」可不是虛有其名。

「……」

沒錯，這裡是第18層。

經過深層區域驚天動地的激戰，艾絲等人此時，停留在這個樓層。

結束了往第59層——未到達領域的「遠征」，自根據地（基地營）第50層出發以來第六天。

本來一行人並不打算在這地下城的樂園逗留，應該已經歸返地表了。

那麼為什麼會變成這樣呢？

聽著各人的對話以及蕾菲亞紅著臉還在說什麼的聲音，艾絲仰望森林圓頂堵塞的頭頂上方，回想起至今發生的事。

第一章

經過與現況

Гэта казка іншага сям'і.

Якое прайшло і цяпераншняя сітуацыя

七天前，艾絲等人抵達了「遠征」目的地——未到達領域第59層。

艾絲等人本來應該就此更新派系到達樓層，然而等待著他們的卻是「未知」——變得有如密林的樓層風景，以及醜惡的「汙穢仙精」。

被命名為「仙精分身（demi spirit）」，仙精與怪物的混種生物（hybrid）。

艾絲等人好不容易擊敗會用咒文的強大敵人與怪物軍勢，即刻撤出第59層，回到其他團員留守的遠征據點第50層。然後進行了短暫休息（rest）後，就立刻從根據地（基地營）出發。

在團長芬恩的迅速指示下，遠征隊彷彿十萬火急地準備歸返。隊伍讓前進「深層」使得身心疲憊的第一級冒險者帶頭前進，但負責守衛根據地的其他團員都比來時更努力奮戰。多虧了鼓起精神不讓幹部陣容承受更多負擔的他們與第二級冒險者（勞爾等人），艾絲他們即使在行軍途中，仍然讓受傷的身體得到休息。一行人踏上往地表的歸途，一路順利推進。

然而——

地下城可不會輕易允許勇敢的冒險者們踏足雄偉的地下迷宮深處，還帶著戰果凱旋而歸。

「……慘叫聲？」

「是怎樣了嗎？」

隊伍正在下層區域前進。

就在距離地表差不多剩下一半路程時，事情發生了。

人數眾多的小隊在寬廣通道上拉長隊伍，前方的艾絲與狼人（werewolf）伯特等人的耳朵，聽見自部隊後方的方位傳來好幾陣喊叫。

「——芬恩，命令部隊快跑！」

緊接著轟然響起的，是為小隊殿後的矮人老將——格瑞斯的怒吼。

「是『毒妖蛆』!!」

瞬時間，四處逃竄的團員們，以及數不盡的蛆蟲怪獸出現在視野遠方。

毒妖蛆(poison vermis)在能使用「毒性異常攻擊」的種族當中，是最具危險性的怪獸之一。從口部噴射或自皮膚分泌的劇毒，就連高級冒險者的「異常抗性(發展能力)」都能穿透。雖然就純粹的戰鬥能力來說很弱，然而有如死屍長蛆般集團出現的數量卻是一大威脅，被冒險者形容為「劇毒墳場」而受到恐懼。

而這時襲向【洛基眷族】的怪獸群體，數量多到讓艾絲等人懷疑起自己的眼睛。

「那麼多——暴增現象!?」

「偏偏在這種時候……！糟糕了!?」

怪獸的暴增，「異常狀況」。

團員們扶著無法戰鬥的同伴狂奔，不下百隻的噁心毒蛆怪獸好像要侵犯通道般，沿著天頂與牆壁爬行，逼近他們背後。

艾絲等人無暇感到噁心討厭，急著趕去掩護後衛。

驅使風力(風靈疾走)的艾絲與將她的「魔法」裝填進銀靴(弗洛斯維爾特)的伯特，跟舉起大盾的格瑞斯一同抵禦毒液，蒂奧娜與蒂奧涅一把拖走好幾名肌膚發紫的團員們。里維莉雅雖發動「魔法」凍結了整條通道，但新的一批毒妖蛆大軍卻從好幾條岔道前來會合。

「沒、沒完沒了……！」

蕾菲亞在中衛位置持續進行學會的「並行詠唱」，看到這幕光景也臉色鐵青。

「怪物之宴（Monster Party）」——並非瞬間性的大量暴增，而是層域廣範圍的持續增殖。而且暴增的還是集團行動的毒妖蛆，更讓數量直線上升。

在身心與物資都嚴重消耗的「遠征」歸途遭遇這種怪獸，也是一大痛處。僅有的幾把「魔劍」雖然發揮力量，但應對得實在太慢了。

救出同伴們的艾絲等人，不用多少時間就把行動從迎擊切換為逃走。

「芬恩，菈克塔他們情況不妙！得快點做治療才行！」

「團長，還是到『下層』的安全樓層吧……！」

「我們不知道暴增（異常狀況）的規模！如果毒妖蛆是在整個下層區域增殖，我們會被關在下層（這裡）！」

蒂奧娜與蒂奧涅抱著痛苦不堪地呻吟的兔人（humebunny）少女與男性團員，向芬恩求情，然而在小隊前頭揮舞槍矛的他一口回絕。

瞬殺想擋路的大型級怪獸，小人族領袖喊著說就算躲在「下層」的安全地帶固守，一旦忙於迎擊，連仔細進行治療都有困難。

最重要的是，解毒用道具（item）已經快見底了。

「我們去第18層，不能動的人就拖著走！所有人用跑的!!」

蕾菲亞等人心無旁騖地聽從團長的指示。

他們抓著遭到毒害而無法動彈的團員們的手臂或腳，拖拉著全速逃命。艾絲等第一級冒險者分散到部隊的最末端、中衛與前衛等周圍，支援小隊的強行軍。

前進路線所到之處，都有三十C（賽爾尺）大的蛆蟲怪獸從岩盤天頂上吧噠吧噠地落下。全紫皮膚分泌出的劇毒，讓同行的【赫菲斯托絲眷族】鐵匠們也陸續發出慘叫。

「這真是沒輒了，其他怪獸都被波及啦。」

椿用太刀一次砍斷好幾隻掉下來的毒妖蛆，在她的身旁，連其他怪獸都中了劇毒，滿地打滾。

就在人族與怪物全都慘叫連連的狀況下，【洛基眷族】抱著或拖著大量傷患，突破下層區域逃進了第18層。

「最後的最後一刻，還有這種麻煩等著我們。」

在開闊的森林一角，芬恩忍不住嘆氣。

這裡是安全樓層第18層南端地帶的森林，離通往第17層的甬道也很近。

在芬恩等人的指示下，【洛基眷族】在這裡搭起了臨時露營地。

許多冒險者與鐵匠仰躺在拉開布幕通風的帳棚內、樹根旁或外面的草地上。他們不分性別或種族，身體都有一部分變色，冒著冷汗。

各處都能聽見痛苦難耐的聲音。

面對視野中鋪展開來的淒慘光景，佇立於本營旁的芬恩、里維莉雅與格瑞斯交談著。

「『異常抗性』能力分級G以外的團員，中了毒的全都動彈不得……除了椿以外，幾乎所有高級鐵匠（high smith）也都中毒了。真是，這種劇毒還是一樣厲害。」

「哎，地下城本來就不是能輕易攻略的。……不過這次就連老子也敬謝不敏。」

也許是經歷了未到達領域的死鬥，連里維莉雅與格瑞斯的語氣也很沉重。

毒妖蛆的強襲，以及造成的損害。

包括支援者在內，很多低階團員都中了「毒」。

其人數多達遠征隊的三分之一以上，部隊事實上被迫停止行動。

芬恩等人不得不進行大規模的休息。

「里維莉雅，治療情形怎麼樣了？」

「我們優先治療症狀嚴重者……不過別太期待。能使用稀少解毒類治療魔法的魔導士與治療師（healer），就算把我算進去也很少。」

聽到芬恩做確認，里維莉雅往下看著自己精神力（mind）就快耗盡的身體。

幸虧有「精神回復（發展能力）」的功效，她感覺到精神力稍稍恢復了點，但仍然遺憾地閉起眼睛。

「更何況這是毒妖蛆的毒，就算用解毒魔法也很難痊癒。」

「毒妖蛆」毒性的麻煩之處在於它的特異性質，必須以專用解毒劑——用同種怪獸的體液（掉落道具）為原料製成的特效藥才能完全治癒。

縱使擁有再高的「魔力」，使用普通解毒魔法就跟里維莉雅說的一樣，只能達到緩和毒性的效果。至少就芬恩所聽說過的，只有隸屬於【迪安凱特眷族】的【戰場聖女（Dea Saint）】阿蜜德・特亞薩納雷所使用的高階治癒魔法，才成功去除過那種怪獸的劇毒。

「想治好所有人，無論如何都需要專用的特效藥。」

「嗯——，看來還是只能等伯特回來了。」

抵達這個安全樓層，已經到了第二天。

芬恩等人在昨晚——樓層的「夜晚」時段到達此地，火速設置了看護傷患的露營地，同時指示伯特前往地表，要他去買都市（歐拉麗）販賣的特效藥。

之所以選中伯特執行來回地表與第18層的任務，單純因為他擁有派系第一飛毛腿。也因為有「技能」帶來的效果，不是譬喻，伯特的腳程確實比Lv．高過自己的芬恩等人還快那麼一點。雖然還比不上使用了風（風靈疾走）的艾絲，但在這疲憊的狀況下，想要求兼顧長跑的安定速度與續航力，他是最佳人選。

「把這種麻煩事塞給我。」

狼人青年嘴上抱怨著，昨晚就出發了。

他應該已經歸返地表，此刻正在到處收購人數所需的稀少又昂貴的特效藥吧。照芬恩推測，兩天後的晚上應該會回來。

這對遭受毒害的人來說是一段痛苦的時間，但只要里維莉雅等人持續進行解毒作業，病情想必不會惡化。

「讓椿打造的不壞武器（Durandal），加上三十把以上的『魔劍』，最後再來個買斷特效藥……還得把武器素材（掉落道具）讓給鍛造大派系（赫菲斯托絲眷族），這下【眷族】恐怕有一陣子要捉襟見肘啦。」

「拜託現在別讓我想起這件事，格瑞斯。」

芬恩苦笑著說這會讓他頭痛。

預料範圍外的花費，加上他們必須將「深層」的大多數武器素材轉讓給鍛造大派系（赫菲斯托絲眷族）做為結成遠征同盟的報酬。賭命弄到手的「炮龍獠牙」與「炮龍紅鱗」等第52層以下的武器素材也是其中之一。

雖然實現了長久的心願，更新了到達樓層，算是獲得了戰果，但光靠撿拾的「魔石」能不能回收這次的巨額遠征費用，老實說有點困難——要不是有艾絲提供的第24層糧食庫（pantry）的冒險者委託（quest）報酬，不難想像現在會是什麼狀況——

「雖不知道會是什麼時候，不過下次要『遠征』時，或許得先籌措資金。」芬恩低語。

「……雖然很想早點把在第59層看到的東西告訴洛基，既然如此也沒辦法了。反正信已經給了，剩下就交給伯特吧。」

芬恩緩緩仰望頭頂上，對著森林枝葉間射下的日光瞇細眼瞳，如此說道。

「繼續煩心也不是辦法，不如樂觀點吧，就當作有了藉口逗留第18層。」

然後他語調一下變得輕鬆，環顧周圍半開玩笑地說。

不禁苦笑的里維莉雅與格瑞斯也跟著環視四周，目前在露營地巡邏或照料病患的，只有勞爾等男性團員，艾絲等女性團員去森林深處洗涼水澡了。這是芬恩擔心大家累積太多疲勞與鬱悶，而做的指示。

預定等艾絲她們回來後，就換勞爾他們去洗。

「妳不跟艾絲她們一起去無所謂嗎，里維莉雅？這裡暫時交給老子我們也行喔？」

「我如果去沐浴，女性團員們會很敏感，無法好好放鬆。」

里維莉雅說自己這個王族精靈（high elf）若是過去，她們會像伺候王妃的女官一樣，一邊洗涼水澡還保持嚴密的警衛態勢。

對於格瑞斯的詢問，「我最後就行了。」里維莉雅露出小小的微笑。

「雖然不能大意，不過『遠征』的最緊要關頭已經過了，我們也稍微休息一下吧。」

聽了小小領袖的指示，實際上的確累壞了的里維莉雅與格瑞斯都沒插嘴，點點頭。

「換班──，換班囉──，男生們也來休息啦──」

「好，我們也去洗澡吧……」

「雖然每次都是這樣，不過這次也沒能偷看到蒂奧涅小姐她們洗涼水澡呢……」

「笨蛋，除非有傳說偷窺過神聖浴場的大神（天神）加護，否則誰敢闖進那裡啊。」

「是啊，我還不想死。」

「別說傻話了，快走吧——。……要是讓安琪她們聽到，挨罵的可是小的。」

艾絲她們洗了涼水澡回來，與勞爾率領著成群結隊移動的男性團員們交接看守等各項工作。

露營地各處依然洩漏出呻吟聲，雖說很多人比起昨晚臉色好多了，但還是不能自由走動。身為支援者兼治療師的莉涅等人辛勤地照顧臥病在床的團員與鐵匠們，至於艾絲與蕾菲亞她們，則負責巡視營地。

「城鎮（里維拉）果然不行——，會被敲竹槓——」

「那些傢伙在別人遇到困難時就只會趁火打劫，真氣人。」

「蒂奧娜小姐、蒂奧涅小姐，妳們回來了。」

暫且與艾絲她們分開，到樓層西部「里維拉鎮」採買的蒂奧娜與蒂奧涅回到露營地。

到達第18層之時，小隊只緊急買下了城鎮所有的毒妖蛆特效藥，讓Lv.較低，病情危急的一些人撿回一命。然而「付出的代價」不是普通的高。

高級冒險者經營的「里維拉鎮」物價之昂貴絕非地表能比。蒂奧娜她們這天也去交涉，看能不能買到最低限度的糧食；結果就如她們所說，被狠敲了一筆。追根究柢，部隊之所以不在地下城的這個旅店城鎮住宿而選擇露營，也是因為收費貴得不合理。

不同於水晶點綴的美麗外觀，流氓經營的城鎮今天還是一樣蠻橫霸道。

「我們過去的路上獵了怪獸，用『魔石』以物易物，要了一點麵包什麼的回來……可是遠征用的物資，好像幾乎都沒剩了～」

「伯特恐怕還要一段時間才會回來……看來還是只能在這個樓層弄到手了。」

「啊，您是說森林裡的水果嗎？」

身旁的妹妹摩娑著露出肚臍的腹部，蒂奧涅對蕾菲亞回答：「是呀。」

她聳聳肩說雖然想避免花錢，但也用不著挨餓。

她們要像冒險者本來該有的態度，自給自足。

「把安琪她們也叫來，組成幾個小組吧。一些人去汲水，其他人就從森林深處採集食材。」

「知道了。」

「好的！」

「好——」

聽了蒂奧涅的指示，艾絲、蕾菲亞與蒂奧娜依序點頭。

這第18層的森林裡除了泉水還有清涼小溪，以及幾棵果樹。後者不只供怪獸食用，人族吃了也不會有問題。

小組要兩人一組或三人一組，至少包含一名Lv.3以上的人。蒂奧涅面對召集來的女性團員們，如此指示。

雖說是怪獸不會誕生的安全樓層，但還是有很多來自其他樓層的個體，甚至有怪獸以這座大森林與樓層北部的溼地做為根據地。

她嚴格命令大家絕不可以大意。

「那麼，我們走吧？」

「好的，請多多指教，艾絲小姐！」

艾絲與蕾菲亞得到的任務是籌備糧食。各小組從露營地散開，艾絲伴隨著精靈少女高興的聲音，往森林深處走去。

樓層天頂生長的水晶，從頭頂上變薄的樹葉間隙射下光線，有如樹間灑落的陽光般照亮四下，樹根周遭有著藍水晶柱閃閃發亮。

兩人分工合作，帶著隨身包(pouch)的蕾菲亞主要負責收集糧食，艾絲負責護衛。

來襲的熊類怪獸「伯格熊」被不壞劍(Durandal)【絕望之劍】一刀瞬殺。即使度過長期遠征，銀劍仍然毫髮無傷。再加上受到鐵匠椿親手細心維護，鋒利度也依然健在。

艾絲將怪獸變成塵土時，蕾菲亞踮著腳摘下樹枝上結實的水果。她摘的是彷彿輕柔棉花浸泡蜂蜜的迷宮產水果「雲果子(honey cloud)」。表皮滴落的果汁散發甜蜜香氣，讓蕾菲亞垂涎三尺，但她猛力搖搖頭，勤奮地把果實塞進隨身包。

如同迷宮牆壁會修復，這個樓層的果樹屬於地下城構造的一部分，經過一定時間後也會再結新的果實。除了雲果子以外，蕾菲亞還採集到了葫蘆形的「赤漿果(gourd berry)」等多種果實，環顧像座小果園般結實纍纍的樹林，決定把這個地點好好記下來。

艾絲警戒著周圍的同時，閒著沒事，也站到蕾菲亞身邊，開始摘水果裝進自己攜帶的隨身包。

「啊……水晶糖（crystal drop）。」

「哇啊，好稀奇喔！太厲害了，艾絲小姐！」

兩人隨身包都變得相當沉重，正打算先回露營地一趟時，艾絲在腳邊草地發現了野生的藍白光輝。藏在周圍伸長的水晶小塊裡的，是有點類似糖果的淚滴形果實。

這是即使在第18層也很少能摘到的稀有原料（rare item）……不，應該說是稀有水果（rare fruit）——水晶糖。

「這在地表要買可是很貴的呢！大家常常稱它為『貴族御用點心』……我只有吃過一次，涼涼的很可口，味道也很高雅，說是貴族御用也能理解呢！」

正如同興奮的蕾菲亞所說，彷彿水晶硬糖球的水晶糖不只可口，也很稀有。寶石般的美麗造形使它成為上流階級深愛的高級點心，瓶裝水晶糖在地表甚至能賣到超過一萬法利的價格。

她們只摘到兩顆，艾絲手上的水晶糖讓蕾菲亞兩眼發亮。

看著對甜食毫無抗拒力的晚輩，艾絲微笑著，這時好像想起了什麼，表情變成了穩重的笑容。

然後她將手中的水晶糖交給精靈少女。

「咦，艾絲小姐……？」

「送給蕾菲亞。」

「可、可是！這是艾絲小姐找到的，而且很珍貴耶!?」

看到蕾菲亞左手持杖，右手拿著水晶糖慌張失措，艾絲對她微笑。

Copyright ©Kiyotaka Haimura

「這是謝禮。」

「謝禮……？」

嗯。艾絲點點頭。

「妳在第59層，救過我……這是那時的謝禮。」

聽艾絲這麼說，蕾菲亞睜大蔚藍眼眸。

在第59層與「仙精分身」展開決戰時，艾絲在蒂奧娜他們的引導下闖入怪獸懷中，卻中了敵人的陷阱，險遭擊墜。

而救了艾絲的，就是蕾菲亞的「魔法」。

她於瀕死之際仍不放棄歌唱，做出支援射擊，保護艾絲免於敵人的炮擊。

「後來發生了一些事，沒機會好好道謝……謝謝妳，蕾菲亞，謝謝妳救了我。」

艾絲臉頰顯現出些微靦腆，帶著笑容如此說道。

金髮金眼少女停下腳步，面對面向蕾菲亞衷心道謝，讓她感動得雙眸都溼了。

但她又馬上用手臂擦擦眼睛掩飾過去，紅著臉驚慌失措，做出怪異舉動。

「不、不會！真要說的話，我才是每次都讓艾絲小姐妳們保護我……總、總算有機會報恩……！」

「不……這樣沒什麼不對，我之前，也說過啊？」

艾絲他們，每次都會保護蕾菲亞。

而身為魔導士的蕾菲亞，要解救艾絲她們的危機。

這是以前蕾菲亞心情沮喪時，艾絲告訴她的。蕾菲亞回想起當時的記憶，停住動作，臉上終於浮現出小小的，但驕傲的笑容。

她靦腆地笑著，細細端詳手上的水晶糖。

如同將這份藍白光輝當作解救艾絲的勳章，她微笑著說「我收下了」，把水晶糖收進衣服懷裡——戰鬥衣（battle cloth）的內側口袋。

「蒂奧娜，還有蒂奧涅，都說妳很厲害喔？她們說要不是有蕾菲亞在，情況真的很危險。」

「那、那都得感謝菲兒葳絲小姐……！呃不當然里維莉雅大人與艾絲小姐的指導也功不可沒！我……呃！」

「芬恩也很高興，說我們……蕾菲亞提升了實力，他很欣慰。」

「團、團長這麼說？呃不！這個，那個……嗚嗚～～～～～～～～！」

艾絲之後繼續攻擊……更正，是稱讚。

沒想到會受到憧憬少女如此大力稱讚，讓蕾菲亞的臉最後完全染紅了。

她一路紅到尖尖的精靈耳朵前端，忍不住低下頭去，雙手握住自己的魔杖。

艾絲含笑看著蕾菲亞這副模樣，毫不誇張地想：她真的變強了。

上次「遠征」到這次「遠征」之間，少女成長得判若兩人。

每當在各種戰鬥中編織歌聲，蕾菲亞似乎都在改變。

是什麼讓她脫胎換骨？或是有什麼重大的主因？就在艾絲如此思考時。

站在眼前的蕾菲亞，慢慢抬起頭來。

「那個……艾絲小姐。」

「？」

「在第59層，團長提到的……貝爾・克朗尼是……」

聽到蕾菲亞已不再狼狽，只是表情嚴肅地說，艾絲瞠目而視。

第59層的決戰當中，【勇者(Braver)】所發出的鼓舞。

即使在絕望的戰況下，那句勇氣的魔法仍然顛覆一切，決定了戰局。

那段喊話當中，也包含了貝爾・克朗尼這個少年的名字。

「前往第59層的途中……那個人類冒險者，做了什麼嗎？」

準備「遠征」的期間，蕾菲亞在進行「並行詠唱」的訓練時，少年也跟自己一樣，在向艾絲求教，蕾菲亞忍不住問過少年的來歷，艾絲也把他的名字告訴了蕾菲亞。

不過，蕾菲亞並不知道遠征第一天，猛牛與少年在第9層展開的激鬥。

「彌諾陶洛斯」出現在「上層」，暫離先鋒隊的芬恩等人去瞭解情形，解決了這件事。蕾菲亞就跟其他團員一樣，只是聽勞爾他們這樣說。因為艾絲他們不肯說出整件事的經過——自己看到的光景。

當時芬恩的激勵，改變了一切。

那個少年的名字，完全點燃了艾絲的、伯特等人的鬥志。
當時身在戰場的蕾菲亞，清楚地有了這種直覺。
在蔚藍眼眸的定睛注視下，艾絲佇立不動，一會兒後才像受到引導般，仰望樹間灑落的陽光。
「嗯……那孩子，也『冒險』了。」
她注視著那裡，就像讓視線飛往森林枝葉上方天頂形成菊花狀的晶簇，甚至是更高的上層。
「那孩子……也跟蕾菲亞一樣厲害喔。」
艾絲發自內心，嘴唇自然傾吐出這句話。
蕾菲亞聞言，用力握緊了雙手中的魔杖。
（對……那孩子，也改變了。）
艾絲沒注意到少女的神情，陷入沉思。
比起蕾菲亞——比較起蕾菲亞達成的戰果，少年的「冒險」內容必然相形見絀。
然而那場「冒險」，對艾絲等冒險者來說卻是原點。
弱者憑藉一己之力打倒絕對強者。
這是最為單純，也最為困難的「豐功偉業」之一。
正因為他超越極限，賭上自己的一切，艾絲他們才會看得那樣著迷。
初次達成的「豐功偉業」，將大幅左右當事者的人生。
第一次的「冒險」具有極大意義。

少年今後一定會繼續改變吧。艾絲有這種預感。

是會成就大業，還是變成只會玩命的人？或是成為更超乎想像的存在？

獲得了成為「英雄」的資格，會憑著它開始攀登遙遠險峻的巔峰嗎？

——那孩子現在，在做什麼呢？

「……」

望著天頂如花盛開的純白水晶，艾絲瞇細眼眸。

精靈少女也順著她的視線看去，艾絲就這麼眺望了白色光輝好一會兒。

第18層有「夜晚」造訪。

覆蓋樓層整面天頂的晶簇，中心是讓人聯想到太陽的白水晶，周圍則生長著彷彿天空的藍水晶，散放光芒造就出恰似地表天空的景觀。

而隨著時間經過，光芒也會消失，樓層籠罩在黑暗之中。

艾絲等人開始自給自足的當晚，【洛基眷族】留下一些看守，其他所有人圍著攜帶式魔石燈用餐。

菜色有艾絲她們採集來的水果與少許麵包，以及椿前往「大樹迷宮」採來的巨大蕈菇整朵拿來烤。她濫用客人立場，白天擅自四處行動——同仁的鐵匠們也全丟給別人照料——甚至還拿著殺死怪獸的戰利品到城鎮（里維拉）去換了酒來。雖說是同盟派系，但這種行為實在讓人看不下去；不過反正「遠征」幾乎等於是結束了，領袖（芬恩）等人也就苦笑著網開一面。

當然，為了嚴守規律，他們絕不允許自家派系的團員這樣任性。

「椿、椿小姐，這個蕈菇能吃嗎……!?好像沒有證實這個可供食用吧……！」

「只要有『異常抗性』的能力就絕無問題！」

「結果還不就是毒菇嗎!?」

「別這麼說嘛，吃起來挺稀奇的，還不壞喔？喏，千之精靈（Thousand Elf），妳吃吃看！」

「我不要，我不吃!?」

「啊，那麼，我來吃——！」

看到椿微醺地生起火堆，拿著看起來就有毒的紫色巨大蕈菇在火上烤，勞爾直冒汗，蕾菲亞發出慘叫。

精靈少女死都不肯吃椿拿給自己的蕈菇，蒂奧娜卻一派輕鬆地舉手志願，看得團員們哄堂大笑，艾絲也忍不住莞爾。

熱鬧的晚餐時間結束，就馬上準備就寢。

看守是採輪班制，不過艾絲等幹部當然不用排班，在分配到的帳棚裡跟蒂奧娜、蒂奧涅、蕾菲亞與其他女性團員們一起閉目。因為帳棚要讓傷患躺著休息，不夠分配才會這樣安排。

艾絲感覺到身為第二級冒險者的精靈少女去輪了一次看守，自己專心恢復體力。

然後，到了「早上」。

「……」

光明重回樓層天頂，露營地明亮得有如清晨森林時，艾絲溜出了帳棚。

她很清醒。

在地下城每次都是這樣。

在這地下迷宮，不管她多累，總是無法真正熟睡。

（跟地表的，時差很大……）

第18層的水晶光量會隨時段變動，同時也與地表產生時差，常常形成大幅差距。

她用枕邊蕾菲亞的懷錶確認過時間，進入新的一天才過了幾小時。此時地表是深夜時段，可以想像天上定是一片蒼茫月夜。

仰望著晶簇形成的地下假天空，艾絲想念起約兩星期沒照到的太陽光與靜謐月光。

艾絲將愛劍《絕望之劍》佩在腰間，跟團員講了一聲後離開露營地，漫無目的地散步。既然都起床了，她想隨興走走。自從鑽進地下城以來都沒練劍，練習揮揮劍或許也不錯。

她一邊用靴子在草地上踏出聲音，一邊這樣想——就在下一秒鐘。

『——————喔喔喔喔喔……』

「！」

有如地鳴的巨人咆哮響徹四下。

接著傳來「轟隆隆隆！」的強烈震動。

身為第一級冒險者的艾絲立刻察覺到發生了什麼事，在這第18層的正上方，連接甬道的第17層最深處大窟室裡，樓層主「歌利亞」正在大鬧。

艾絲衝了出去。

由於直到昨晚都沒發生類似現象，可見這「迷宮孤王(Monster rex)」應該才剛誕生，襲擊了入侵大窟室的冒險者。直達這個安全樓層的強烈震動與衝擊，讓她猜想可能是巨人的鐵鎚般拳頭在甬道爆發威力了。

【洛基眷族】搭起的露營地位於樓層南端地帶，離通往第17層的洞窟很近。

艾絲擔憂同業人士的安危，比誰都更快趕往洞窟前。

她疾速跑過樹木之間，跳過整塊水晶，奔出昏暗森林的出入口。

然後——

（——咦？）

她看到了倒臥在綠草地毯上的冒險者們。

在洞窟前的開闊青草地上。

兩名人類男性與小人族少女，是三人小隊。

所有人都遍體鱗傷，小人族少女滿臉擦傷與塵埃，完全昏死過去了。同樣失去意識的紅髮青年左腿骨似乎碎了，傷得很重。好像是展開了決死行，逃進了這個樓層一樣。

然而在這當中，艾絲的眼眸，緊緊盯著剩下的一名冒險者。

被沙塵弄髒的白髮。

破破爛爛的輕裝，以及一部分破損的襯衣型火精護布(salamander wool)。

他趴在地上，身體動都沒動一下。

額頭大量出血，轉向側面的臉染得血紅。

——不會吧。

愣然呆立的艾絲，無意識地從森林出入口移步向前。

就像受到什麼吸引般，直直走向白髮冒險者——少年身邊。

耳畔的聲音飄遠，思考無法靈活運轉，驚愕與衝擊使腦中逐漸一片空白。

沙，沙……艾絲靜靜踏著綠草，靠近少年身邊。

艾絲在他面前佇足，用自己的影子覆蓋纖瘦身體，低頭看他。

不會錯——艾絲倒抽一口氣，產生確信的下個瞬間。

少年的手動了。

「!!」

一把抓住。

他抓住了驚愕的艾絲的左腳。

顫抖的手指陷入靴子裡，血流滿面的臉孔，抬頭看向不禁畏縮的艾絲的臉龐。

他彷彿擠出渾身力氣，啟唇說：

「請救救，我的同伴……！」

擠出的是懇求。

他似乎沒認出艾絲是誰，深紅(rubellite)眼瞳恍惚無神，只哀求艾絲救救兩名同伴。

然後他似乎終於用盡力氣，抓住靴子的手鬆開落下，少年失去了意識。

原本僵住的艾絲彎下膝蓋，用手指滑過被血弄溼的瀏海與額頭。

「貝爾……？」

艾絲嘴唇輕輕發出的聲音，沒能喚醒少年緊閉的眼瞼。

從少年與猛牛展開的「冒險」算來，才過了兩星期。

在大自然與水晶生生不息的迷宮樂園——地下城中層區域。

艾絲與少年出乎預料地重逢了。

間章

喜劇的背面

Гэта казка іншага сям'і.

Задняя бок камедыі

從艾絲等人到達安全樓層的日期，將時間往前大幅拉回。

【洛基眷族】出發「遠征」的第四天，那場集會召開了。

聳立於巨大迷宮都市歐拉麗中央的白牆巨塔「巴別塔」。

芸芸眾神造訪了它位於三十樓的大廳。

「呀哈——！諸神大會——!!」

這就是三個月召開一次的天神集會「諸神大會」。

雖說會議幾乎是有名無實，但還算是管理機構公認的諸神諮詢機構。即使會中進行的討論彷彿體現了神的得過且過，內容大多是亂鬧加胡扯；但也是贈送影響冒險者一生的稱號的「命名典禮」以及對都市舉辦「活動」的提案、清查的會議，因此有時也會臨時召集眾神。

參加條件是【眷族】必須擁有一名以上能與高級冒險者匹敵的成員。換句話說，就是有沒有Ｌｖ．2的團員。【升級】——讓「器量」昇華的眷屬，對拿派系互相競爭的諸神來說，也直接關係到下界的某種地位。

等級上升甚至被形容成「更接近神一步」，Ｌｖ．上升的程度或是【升級】的團員人數，都會受到其他神認可為主神的功績。

「啊，芙蕾雅小姐來了——!?」

「好耶——————!!」

「伊絲塔小姐也在喔——！」

「眼福，眼福啊……！」

大廳占用了整個樓層，相當巨大，好幾根長長的大柱子，支撐著頭頂上高聳的天花板。周圍有三十樓高度的藍天環繞，呈現空中神殿般的樣貌。諸神從唯一供人出入的大門現身，陸續聚集到安放大廳中央的圓桌旁。

浮現緊繃表情的圓髮髻天神、一再激烈地自我主張「我乃迦尼薩！」的大象面具天神、銀髮與紫髮的兩尊「美之女神」以及拜倒在她們石榴裙下的男神們，還有對這些男神投以白眼的眾多女神。男女老幼眾神一個個到圓桌就座。

許多神露出不懷好意的笑，相鄰而坐的天神各自聊了一會。

一位神看時間差不多了，站起來。

「好，差不多都到齊了吧？那麼，開始唄——」

晃動著朱紅色頭髮的女神洛基，將瞇瞇眼彎成了笑臉的形狀。

她在一時鴉雀無聲的大廳中宣布：

「第數千屆諸神大會正式開始，本次司儀是我洛基！多多關照啊——」

『耶——!!』

下個瞬間，愛跟著起鬨的諸神讓圓桌陷入一片喝采。

承受著他們與她們的掌聲，洛基舉起一隻手回應。

洛基在今天的諸神大會擔任司儀。這是因為……

『【眷族】的孩子幾乎都去「遠征」了，我好無聊喔——，可不可以讓我當司儀？』

她自己事前志願的。

只有擁有一定地位的神物，才管得住諸神大會上七嘴八舌、暢所欲言的眾神。她這個都市最大派系的主神既然如此要求，其他諸神也不反對，都聽話地說「請請請」。

洛基從自己的座位站起來，圓桌旁的諸神都看向她。當然很多都是熟面孔，除了自天界以來就維持著冤家關係的美神芙蕾雅，結成「遠征」同盟的紅髮紅眼女神赫菲斯托絲也在場。以眼罩覆蓋右眼的她對洛基笑笑，兼做打招呼。

在這當中，洛基瞄了鍛造神旁邊的幼小女神一眼。

（小矮子真的來啦……可惡，真囂張。）

在幼女與少女之間搖擺不定的嬌小身形，以及用鐘鈴髮飾綁在兩邊的漆黑髮絲。最具震撼力的，是那對醞釀出超強存在感的胸前雙峰。

看到小(蘿)妹(莉)妹女神炫耀著礙眼巨乳，洛基真想呸口水。出於胸圍上的理由，洛基一直把這個「臭屁炸薯球小矮子大奶妹」視作眼中釘。

對方似乎也不滿意洛基當司儀，狠狠瞪她一眼。

雖然平常兩人只要碰面，必定大聲互罵——

（哎，現在別管那個小矮子，我還有正事要辦。）

洛基當作沒看見。

對方見洛基只瞥了自己一眼沒動口，似乎也覺得奇怪，但洛基沒理她，做自己司儀的工作。

「好，快問快答吧。首先是交換資訊，有沒有人要講些有趣話題來聽聽啊——？」

「有有有——！聽說蘇摩弟弟受到公會警告，唯一的興趣遭到沒收了！」

『什麼————!?』

以洛基的一句話為開端，大廳轉眼間變得吵吵鬧鬧。

諸神大會的目的之一是交換資訊，雖然多半是些排遣無聊的無厘頭、無意義、無價值的話題，不過只要有關於迷宮（地下城）或都市（歐拉麗）的新聞，就會拿出來做為議題查證、分享。

歐拉麗主要派系的主神聚集的諸神大會有一項意義，就是傳達備受矚目的資訊。

諸神是奔放的。

祂們舉手自由發言，七嘴八舌地亂給意見，加劇了議會的混亂。夾雜著哈哈大笑，圓桌上議論紛紛的話題瞬息萬變。

下界的孩子們誤以為諸神大會是「嚴肅氣氛下進行的諸神議會」，要是他們看到這毫無秩序可言的光景，一定會明白「啊啊，就跟平常的天神一樣嘛」。

「好，大家稍安勿躁！」

看似混亂不可收拾的意見爭論，在司儀（洛基）的一喝之下頓時安靜下來。

「很好。我整理一下，目前不能不留意的就是王國（拉幾亞）的動態。我會跟公會報告一下。不過烏拉諾斯那個老狐狸，應該自己也掌握到情報了吧。到時候可能會召集目前在場的【眷族】，大家都OK吧？」

『了解。』

她發揮會議主持人的權限，簡單清查一下話題談到的資訊。

聽了洛基統整後的報告，其他諸神都老實點頭。

「啊啊，對了。我也有件事想提，可以嗎——？」

最後，等到諸神話題都講完了，漸漸沉默下來，談話熱度稍微減弱時。

洛基臉上浮現笑容，緩緩開口說道。

她在環顧圓桌諸神的動作中，神不知鬼不覺地，對兩尊男神使個眼神。

遠離對方，分別坐在兩處的金髮男神狄俄尼索斯與花美男天神荷米斯，一個閉起眼睛，一個浮現笑容做為回應。

「最近在慶典與安全樓層等地方，出現了一種看了就噁心的新種怪獸。」

一震。

部分天神起了反應。

一頭亮麗銀髮的美神側眼看看洛基，無知的小妹妹女神「？」偏著頭。

也許是心裡有底——眷屬成了被害人——探索(地下城)類派系與在旅店城鎮(里維拉)擁有眾多冒險者的多位主神，端整的臉龐也都僵硬起來。

「那些怪物色彩斑斕，就像潑了水彩似的。實力相當於第二級冒險者……而且好像神出鬼沒，不管是地下城還是都市都能自由來往喔。」

洛基在刺探眾神。

不對，是在「搖撼」眾神。

洛基之所以特地志願當司儀，是為了掌控這場諸神大會，窺探與會者的反應，藉此獲得怪物祭(Monster Philia)、第18層與第24層糧食庫引發的一連串事件的線索。

食人花、「寶珠胎兒」、怪人(creature)，然後是黑暗派系(Evils)的殘黨。

從前次「遠征」艾絲他們初次接觸斑斕怪獸開始的騷動，已逐漸形成可能傾覆迷宮都市的嚴重問題。面對如此事態，洛基於是與前幾天在高級酒館進行密會，順水推舟地結成聯盟的狄俄尼索斯與荷米斯聯手，試著挑動一下諸神的反應。

換句話說，就是讓嫌犯露出馬腳。

『對我而言，都市中的所有神都是嫌犯，是孩子的仇人。』

這是眷屬遭到殺害的狄俄尼索斯說過的話。

神當中多得是老奸巨猾之人，洛基也不否定他那種說法。此時她環顧圓桌的視野，看到的所有神都值得懷疑，無一例外。

漸漸浮上檯面的自稱「都市破壞者(厄倪俄)」的存在，很可能就是幕後黑手。

潛藏於地下城的地下勢力，以及黑暗派系殘黨組成的地表勢力。尤其是後者，必然有個賜與殘黨「恩惠（力量）」的神——「邪神」。

為了查出領導者或助紂為虐者，洛基祂們才會利用這次的諸神大會。

利用這場都市有力派系主神齊聚的饗宴。

「我還聽說以前一些調皮搗蛋的王八蛋有些餘孽，在偷偷摸摸地到處行動……所以大家要小心喔——」

洛基瞇細朱紅色眼眸，帶著一絲冷笑，暗示黑暗派系的存在。

狄俄尼索斯與荷米斯放亮眼光，掃視圓桌的每個角落，看看有沒有人聽她這樣說後做出可疑舉動。

一些新來到下界，或是來到都市（歐拉麗）才兩三年的神都面露奇怪的表情，周圍的女神們說著「唉唷」矯揉作態地用手遮嘴，男神們嘴上講著「好可怕喔——」，臉上卻笑嘻嘻的。

所有神都被捲進來，彼此勾心鬥角。

「我也可以提一件事嗎!!」

這時。

一隻褐色的強壯手臂舉了起來。

隨著舉手從圓桌起立的，是戴著大象面具的男神迦尼薩。

「首先容我聲明——我乃迦尼薩!!」

「是是是，好啦你坐下。」

「抱歉，我直覺反應講錯了！——首先容我向各位道歉，幾天前的怪物祭給各位造成困擾了！不過我以【群主(迦尼薩)】之名發誓，報告裡的食人花怪獸不是我的【眷族】抓來的！請各位相信我!!」

對於洛基草率的應對，迦尼薩迅速訂正發言，在椅子上姿勢擺不停，連聲說道。

【迦尼薩眷族】站在與公會合作的立場，一手包辦怪物祭的活動。身為主神的他，對於前次祭典不慎讓怪獸脫逃，對協助平息騷動的其他神與其眷屬們造成困擾，在諸神大會上真摯謝罪。

洛基偷偷看了一眼——只見在那場騷動得負一半責任的銀髮美神，若無其事地喝著她的奴僕(粉絲)男神一號端出的紅茶。

迦尼薩對於另外半個原因也就是食人花怪獸，斷言與自己無關。

「還有一點，同一種怪獸大鬧第18層的事件裡，我的團員遭到殺害了！我不知道這跟怪物祭有無關係，但我想為孩子報仇雪恨!!如果各位知道什麼情報，請務必幫忙!!」

迦尼薩用力搥了圓桌一拳，向眾神訴求。

第18層的事件——就是【迦尼薩眷族】團員，第二級冒險者(哈桑納·多爾利亞)接受機密委託找回「寶珠胎兒」，遭到紅髮女子芮薇絲殺害的案件。

彷彿為自己的眷屬之死悼念，兩道淚水從大象面具沿著雙頰滑下。

平時行徑怪異的男神掉下的眼淚，使得周圍諸神只有這一刻都保持靜默。

「嗚嗚，哈桑納啊，為什麼，你為什麼——竟然腹上死!!被火辣美女勾引到馬上風，真是太羨慕了……說錯，是太不應該了啊!!要是能由我代替你多好!!」

「喂，哈桑納不是腹上死喔。」

「咦？」

流著熱淚羨慕得要死的迦尼薩，遭到洛基吐槽。

不知道是怎麼以訛傳訛變成這樣的，總之在主神的心中，自己的孩子好像是被波霸美女嘿咻到升天。

洛基冰冷的眼神直接擊中大象面具一臉蠢相的男神，結果迦尼薩還是老樣子，把變得有點嚴肅的氣氛全破壞掉了。

「唉，真是……」

都是這白癡，讓氣氛變得這麼怪。洛基嘆口氣。

眼角瞄到狄俄尼索斯與荷米斯在苦笑的同時，洛基決定不再刺探，回到諸神大會的宗旨，也就是討論議題。

「該講的都講完了嗎——？可以了嗎——？」

接下來，洛基盡到了會議司儀的職責。

她平淡地主持會議，確認話題差不多都提完了。

環顧圓桌旁閉口不語的眾神，她心想……那就照預定來吧。

洛基像小丑般吊起嘴角。

「那麼進入下個節目吧。命名典禮開始。」

剎那間，大廳籠罩在緊張感之中。

以洛基的發言為始，本來保持沉默沒參加討論的好幾位神臉色霎時大變，悶不吭聲的小妹妹女神也是其中之一。

另一批神，卻邪惡地笑了。

諸神大會的一部分天神常客，擺出了今天最下流的笑臉。

喜劇（宴會）開始了。

「大家都拿到資料了吧——？那就開始囉——？那麼第一棒……就從賽特那邊的冒險者，名字叫塞提的開始吧。」

「拜、拜託，請手下留情啊……！」

「「「「「「「鼻要。」」」」」」」

「Nooooooooooooooooooooooo！」

這就是贈送冒險者稱號的——「命名典禮」。

【劍姬】與【大切斷（亞馬遜）】等【升級】過的高級冒險者的官方稱號，無一例外，都是由這場諸神大會的「命名典禮」所決定。

諸神讚揚下界人們的偉業，贈送綽號。只有中選之人才能獲得這種強悍與名聲的象徵（symbol），是受到超越存在（Deus Dea）賞識的證明。

天神這些人族尚無法企及的高尚（高品味）名稱，對下界居民而言是尊敬與豔羨的對象。

「好咧，冒險者艾莉嘉・羅莎莉雅，稱號是【美尾爛手(Biollante)】。」

「不要啊啊啊啊啊啊啊啊啊啊啊啊啊啊啊啊啊啊啊啊啊啊!?」

——然而，只有跟不上時代的孩子們之間才會這樣想，諸神之間可是卯足了全力想避免悲劇發生。

在「命名典禮」誕生的綽號，多半是連諸神自己聽了都痛苦難耐的「慘痛名字」。一手拉拔長大的孩子必須強制接收這些可笑……更正，是讓人快昏倒的汙名，沒有比這更殘忍的拷問了。

壞心眼的幾個特定邪惡天神，因為想觀賞領受稱號一臉驕傲的孩子與痛苦掙扎的主神們這兩種光景藉以捧腹大笑，而把慘絕人寰的稱號硬塞給孩子們。

每當司儀洛基聽取眾神意見，去蕪存菁，採多數決方式，宣布最終決定的綽號——說得明白點就是死刑宣告——不管是男神還是女神都會淒厲慘叫。

（「命名典禮」都開始了，諸神大會大概就會這樣愉快地結束吧。）

這次的諸神大會還是一樣，地位尚低的弱小派系主神被盯上，照例展開對新人的霸凌時，洛基暗想。

說真的，既然要做，她很想再刺探一下，觀察周圍的反應，但也不能太奢望。

洛基動腦思考的同時，繼續盡司儀的本分。

「倭・命妹妹的綽號好了嗎——？沒有了就截止囉——？」

「還沒完，我的稱號(業)候補火力全開！【絕對少女默示錄(Angelic Code)】!!」

「【遠東神風】！」

「【怪盜忍少女】！」

「混帳東西，除了【天使】不做他想啦!!」

「住手，拜託住手啊啊啊啊啊啊啊啊啊啊啊啊啊啊啊啊啊啊啊啊啊啊!?」

圓桌會議氣氛炒熱到最高點，孩子被當成人質的主神還是一樣慘叫連連。洛基側眼看著頭髮在兩耳邊綁成圓髮髻的神雙手抱頭痛哭，將視線轉到別處。

注意到她的視線，男神狄俄尼索斯對她聳聳肩。

看來沒獲得多大成果，盟友之一嘆了口氣。

「一臉假仙的狄俄尼索斯小弟，你從剛才就一直不吭聲，沒有什麼好點子嗎？」

「你好久沒露臉了，是不是該發表點意見啊～」

「現在正在替傳聞中的新秀小命妹妹取綽號，可是很重要的場面喔！」

「嗯？這個嘛……」

這時，其他眾神開始找上狄俄尼索斯。

至今沒有一句發言的他受周圍眾神催促，目光落在圓桌上的資料——公會編纂的稱號贈送對象候補的人物檔案。羊皮紙上畫著此時議題提到的遠東出身冒險者——黑髮美少女的肖像畫。

狄俄尼索斯看了一會手邊資料，微微一笑。

「【絕†影】怎麼樣呢？」

「狄俄尼索斯，你這王八蛋────────────────────!?」

今天諸神大會還是一樣場面熱烈。

「那麼，小命的稱號……就決定是【絕†影】囉。」

『沒有異議。』

「嗚哇，嗚哇啊啊啊啊啊啊啊啊啊啊啊啊啊啊啊啊啊啊啊啊啊啊!?」

經過多數表決，狄俄尼索斯的提案大爆冷門通過，武神崩潰慟哭。

諸神哄堂大笑，無論犧牲者增加再多，喜劇照樣繼續上演，洛基見狀心想「我也該來取樂了──」便切換了意識。

享受了一會中小【眷族】痛苦悲鳴的地獄場景後，隸屬於都市高階派系的團員名字漸漸被提了出來。也許大家沒那個膽招惹有力量的大派系，不忍卒睹的綽號眼見著明顯減少，第二級以上的冒險者被一一列舉，包括【赫菲斯托絲眷族】、【迦尼薩眷族】與【伊絲塔眷族】等。

這中間兩位美神起了一點爭執，不過會議繼續進行。

「回到主題來吧──。接下來的冒險者是……唔呼呼，大家的最愛，我家的艾絲啦！」

「【劍姬】來啦───!!」

「小公主還是一樣美麗動人呢。」

「是說她已經Lv．6啦……」

而輪到自己的眷屬時，洛基開始得意起來。

這位金髮金眼的女劍士，與包括【勇者】在內的【洛基眷族】三大領袖以及窮究「頂天」的【猛者】（王者）並駕齊驅，在迷宮都市（歐拉麗）當中擁有首屈一指的知名度。

聽到不到十年的短暫期間內達到大躍進的少女登場，諸神也為之譁然。

【劍姬】艾絲・華倫斯坦，終於躋身Lv.6的行列了。

「這小姑娘，又做出瘋狂之舉啦。」

低頭看著精緻人偶般少女的肖像畫，以及寫在下方的功績內容——資料最後所列出關於【升級】值得一提的經歷項目，一尊天神愉悅至極地吊起嘴角。

也就是討伐深層第37層的「迷宮孤王」——「烏代俄斯」。

單獨擊敗樓層主的偉業，讓諸神大會為之沸騰。

「一個人砍死樓層主……超誇張，比奧它老兄還誇張！」

「不，奧它老兄是一個人『遠征』，把樓層主（巴羅爾）殺個半死回來好嗎？奧它老兄比較誇張好嗎？」

「烏代俄斯似乎被幹掉了啊……」

「科科科，那傢伙在四大天王中是最弱的一個……」

「竟然輸給我們的偶像，真是丟樓層主（頭目）的臉……」

「喂，不准你們繼續取笑烏代俄斯老兄!!」

「烏代俄斯老兄明明就是四大天王最強的一個!!給我差不多一點好嗎！」

男神與女神都異口同聲表示讚賞。

低頭看著少女畫像的小妹妹女神，也對她的驚人偉業不禁佩服。

「別說這個了啦，綽號，綽號！」

「嗯～」

「艾絲妹妹的稱號就不用變了吧？」

「是啊。」

「如果要變的話，改成【劍聖】如何？」

「啥——？」

「這跟艾絲美眉給人的印象不太一樣吧。」

「不過，最終候補不用說，當然是【諸神（我們）的嫁】囉。」

「「「「「沒錯！」」」」」

在還有幾分興奮的狀態下，諸神想送上代替【劍姬】的新稱號——

「想找死嗎。」

但被洛基一瞪否決掉。

「「「「「我們錯了!!」」」」」

冷徹心扉的眼光，讓亂開玩笑的諸神無一例外，全部把額頭砸在圓桌上。

要是敢給自己可愛的眷屬取這種丟人現眼的綽號，洛基勢必會去消滅所有元凶，單純為了愛。

諸神觸怒了率領都市最大派系的主神，全力磕頭求饒以免被強制遣返天界。

「真是，也不秤秤自己的斤兩。好吧，算了，繼續。……嗯，只剩最後一個了。」

洛基啪啦一聲翻開艾絲的資料，看著剩下的最後一張羊皮紙。

映入洛基眼裡的，是連肖像畫都浮現緊張表情的人類少年。

（小矮子的孩子，真的【升級】了啊……）

看到一行字寫著「隸屬【赫斯緹雅眷族】」，洛基緊緊皺起了眉頭。

既然參加了諸神大會，或許該說沒什麼好懷疑的，但她還是不爽看到討厭的派系抬頭。

最重要的是。

（而且……這太扯了吧，什麼一、個、半月。）

簡短統整的相關資料當中，【升級】所需天數的項目躍然紙上。

輕描淡寫記載的數字，讓洛基跟剛才不得不佩服的小妹妹女神一樣，心中暗自沉吟。

但她的沉吟真要說起來，含有比較多的反感與懷疑。

（竟然超越了艾絲的紀錄（record）……這不可能吧，再怎麼說一個月也太離譜了。）

八年前。

當時八歲的小女孩，以不知分寸的異常速度升上了Lv．2。

所需時間為一年，這種與過去【升級】最快紀錄同等的偉業，曾經是無人能打破的世界紀錄。

對，直到這一天為止。

（就算沒有作假好了，怎麼偏偏是小矮子的孩子……可惡啊～！超氣人的～!!）

謊報【升級】所需天數。

或是到公會登記成為初級冒險者之前，已經累積了【經驗值】。

或者新人只是虛偽的自我申報。

只要有心，作假方法多得是。

但是，那個小妹妹女神——赫斯緹雅不是會做那種無聊事的神物，洛基跟她雖然水火不容，但至少明白這一點。

換句話說，這個少年的確達成了「豐功偉業」。

如同寫在羊皮紙上的簡短經歷，他打倒了「彌諾陶洛斯」這座高牆。

「……世界最快（紀錄保持人）白兔。」

花美男天神瞇細眼睛，在圓桌角落低喃的話語，也傳進了洛基耳裡。

其他神看著「命名典禮」最後剩下的可憐兔寶寶，舔舔嘴想著要給他取個什麼綽號時，洛基的嘴抿成了ㄟ字形。

（不過，這種「成長」……為了保險起見，還是刺探一下吧。）

四周眾神正在用不至於吵鬧的呢喃聲交頭接耳時，洛基下了一個判斷。

小妹妹天神莫名緊張地坐在椅子上，似乎想贏得一個普通的綽號，洛基看著她，一個人靜靜站起來。

「……洛基？」

「在決定綽號之前，妳先解釋一下吧，小矮子。」

洛基完全忽視旁人的反應，瞪著愣住的赫斯緹雅，倏地睜開了自己的朱紅眼眸。

「一個半月就讓我們的『恩惠』昇華，究竟是怎麼回事？」

碰！

她手掌重重拍在桌面少年的資料上，故意發出咄咄逼人的聲音。

洛基沒看漏瞠目結舌的赫斯緹雅倒抽了一小口氣。

「就連我家的艾絲，第一次【升級】也花了一年，足足一年喔？而這小子卻才一個月？鬼扯啊。」

「……」

「我們的『恩惠』才、不是這、種、玩、意。要是能一個月左右就讓每個孩子的器量徹底改變，那多輕鬆啊。就是因為辦不到，大家才會那麼辛苦啊。」

「…………」

「喂，小矮子，解釋一下啊。」

「……………」

洛基窮追猛打地嚇唬赫斯緹雅，只見她滿臉汗水流個不停。赫斯緹雅心裡似乎也十分驚慌，整個人像雕像一樣僵硬。

洛基有所懷疑。

懷疑少年只能用急速形容的「成長」，是否牽扯到某種不尋常的重大因素。

例如——就像怪人芮薇絲等「強化種」那樣。

少年成長的祕密，會不會是由自己這派目前正在對付的勢力——白髮鬼(Vendetta)所說的「她」賦予的力量。

洛基盯上這種異常的成長力量，才會刺探赫斯緹雅。

（真的只是為了保險起見就是了。）

話雖如此，洛基對她的懷疑其實幾乎是零。

這個土裡土氣的蠢蛋女神以及她選擇的眷屬，就算天地顛倒過來，也不可能竟然跟黑暗派系有所聯繫。這種假設實在滑稽過頭，就連洛基認真追問起來，也會覺得沒勁。

簡而言之，「強化種」什麼的猜測只不過是找藉口，其實就是想整她。

出於自己眷屬的紀錄被超越的嫉妒與惱火，然後是單純的好奇心。

照正常思維來推測，應該是「技能」吧。而且若是效果能影響到成長速度，那就是未經確認的「稀有技能」了。

洛基做為天神，心中交雜各種情感，像找碴般逼問赫斯緹雅。

「無話可說是嗎？妳該不會是使用了神(我們)的力量吧？」

「我、我怎麼可能那樣做啊！」

她語帶挑釁地質問赫斯緹雅是否動用了「神力(Arcanum)」——「改造」了眷屬，但當然也不是認真的。

洛基也很明白。

使用「神力」是觸犯諸神規則（rule）的，馬上就會穿幫，而且改造孩子一點樂趣也沒有，毫無意義。

這樣做是冒瀆下界這場遊戲（game）的行為，會掃了自己與其他神的興。

若是想捨棄與心愛的孩子們共同生活的實際感受，只想偷懶，那只要回到天界，再去過墮落的日子就行了。

最重要的是，這違反了諸神的目的。

因為凡是腦袋正常的諸神，賜與孩子「恩惠」希望將來看到的——沒有別的，就是「英雄」的誕生。

「那妳就說來聽聽啊。如果沒做虧心事，有什麼不敢講的。」

「嗚……」

洛基巧妙地套話，封鎖了赫斯緹雅的退路。

此時諸神大會的與會者（成員）都在注意她們。

所有人都一副興味盎然的樣子，四周鴉雀無聲，包括一臉困惑的赫菲斯托絲在內，沒有人幫赫斯緹雅說話。

就算不顧個人的情感，洛基也想把「成長」的主因問個清楚。

「——哎呀，這有什麼要緊呢。」

然後，就在下一刻。

彷彿岔入兩人之間，一陣美妙的女高音響遍四周。

「……咦？」

「妳說啥？」

赫斯緹雅、洛基以及她們以外的神，視線都轉向聲音出處。

銀髮「美神」顯得有點不感興趣，但迷人嘴唇浮現著笑意，繼續說道：

「既然赫斯緹雅說沒有違規，那就沒必要硬逼人家說吧？說好不干涉其他【眷族】內部的情況了，尤其是團員的【能力值】更是最大的禁忌（taboo）。」

聽到自天界以來維持著孽緣關係的芙蕾雅若無其事地說，洛基用充滿疑心的眼神看向她。

「……才一個月耶？妳懂不懂這個數字的意義啊，花癡女神。」

「呵呵，妳為什麼要這麼固執呢，洛基？我倒覺得妳現在的態度，才讓我費解呢。」

打破禁忌的是妳喔？芙蕾雅暗指這一點，然後裝出一副注意到什麼的態度，露出含笑的表情。

「該不會是嫉妒吧？因為妳的掌上明珠的紀錄，被赫斯緹雅的孩子超越了？」

「才不是好嗎。」

被她講中了一部分，洛基內心「嗚咕」呻吟一聲，馬上回嘴。「真的嗎？」芙蕾雅挑釁般對她微笑。

洛基火大起來，橫眉豎目正要跟她吵——看到目不轉睛注視自己的美神銀瞳，停住了動作。

（這個花癡女神，該不會……）

洛基本來想，如果芙蕾雅想誘導自己說錯話，挑自己語病，她就要不客氣地講到芙蕾雅回不了嘴。

然而洛基察覺到了她的神意，明白自己接下來不管說什麼，都一定會被說服。

洛基不禁發出「嘖！」一聲，芙蕾雅笑了笑。

「的確光聽數字，會讓人懷疑自己聽錯了。」

「不過，這孩子不是顛覆了Lv.的差異，奇蹟般地打倒了彌諾陶洛斯嗎？」

「如果讓我勉強推理一下，也許彌諾陶洛斯這種怪獸與這孩子有過一段因緣，因此獲得的【經驗值】對這孩子來說意義匪淺。」

「或許就因為這樣而得以【升級】……我是這樣想的，妳覺得呢？」

芙蕾雅的連番發言，左右了諸神大會的論調。

與洛基並駕齊驅的都市最大派系發言分量十足，最重要的是她那人稱美之化身的「魅力」自動增加了一大票贊同者。迷得骨頭都酥了的荷米斯更是說什麼「我也支持芙蕾雅小姐！」，讓狄俄尼索斯不禁嘆氣。

（她那時候說的話，原來是這個意思啊。那個花癡這次看上的獵物，是小矮子的……）

當眾神開始傾向贊同美神的意見時，某一天的記憶重回洛基腦中。

舉行怪物祭的當晚，她在鬧區的高級酒館與芙蕾雅進行了密談。

『只要今後對我的行動睜一隻眼閉一隻眼……那件羽衣就送給妳吧，如何？』

這是芙蕾雅與洛基之間締結的契約。

洛基看穿是芙蕾雅用「魅惑」之力在怪物祭引發騷動，想威脅她，卻反被抓住把柄，只好不情不願與她做了交易。

洛基對這一切都必須視若無睹，今後如此，現在也是如此。

「今後我的行動」——也就是芙蕾雅對她看上眼的孩子所做的一切舉動。

看到芙蕾雅的魔性眼眸，洛基察覺到她看上眼的對象，其實就是赫斯緹雅的眷屬。

（這麼說來，剛才伊絲塔重提的「彌諾陶洛斯」一事……也是這傢伙的所作所為了？）

雖不知道芙蕾雅是不是從一開始就看穿了少年的「成長力」，總之她應該早就在注意赫斯緹雅的眷屬了。而現在看到少年就快成為諸神的玩物，芙蕾雅才出面袒護他。

領悟了一切的洛基真想狠狠呸一口口水。

就像方才銀色視線對自己呢喃「不要礙事」，今後自己仍得默認芙蕾雅對少年——貝爾・克朗尼的一切行動，就算有什麼不滿或不稱心之處也一樣。

結果，之後會議仍然順著芙蕾雅的心意發展，貝爾・克朗尼的成長問題就這樣不了了之。

（這表示小矮子那邊的孩子真的這麼有天分，能讓芙蕾雅看上？所以才寫下這麼蠢的紀錄……不，那個花癡的確說過一些莫名其妙的話，什麼不可靠啊，愛哭鬼啊，透明清澈什麼的……啊～！總之有夠不爽的啦！）

不知不覺間，男神們在芙蕾雅的指示下開始討論起貝爾・克朗尼的綽號——女神們一臉掃興——洛基沒理他們，心中異常憤怒。

雖說締結了契約，但洛基無法忍受有人不把自己當一回事。洛基撞開椅子站起來，走到跟不上狀況、一臉呆相的赫斯緹雅身邊。

「……洛基？」

赫斯緹雅注意到洛基，抬起頭來，她臭著一張臉低聲說：

「……妳得當心點，小矮子。」

「咦？」

「我是在叫妳罩子放亮點。雖然我根本不想像這樣對妳提出忠告……但現在讓那白癡恣意妄為，才更讓我不爽。」

竟敢把我看扁了。

洛基厭惡地抬起頭，視線從赫斯緹雅身上移開。

在她注視的方向，只見芙蕾雅正要獨自退出諸神大會。

她背對兩人，美麗的銀色長髮消失在大廳門扉後方。

「等、等等。妳說我得當心點，究竟是在說什麼？」

驚慌失措的赫斯緹雅讓洛基皺起眉頭，把臉一下子逼近她。

「智障啊，有點警覺性好嗎。那個女神（女人）袒護了孩子（男人）耶？」

「……？」

我可是在說那個芙蕾雅喔。洛基加重了語氣。

吃驚的赫斯緹雅，帶有藍彩的眼眸還在慌張當中。

洛基挺直彎下去的腰，鼻子哼了一聲。

「哈，妳真的不懂啊。真是無憂無慮。……好吧，算了，反正其實跟我無關。」

拋下這句話，洛基就回到自己的座位上。

洛基很不樂意給赫斯緹雅建議，但被芙蕾雅要著玩也不合她的個性，至少要還以點顏色。

「呿！」洛基嘔著氣，警告了最不對盤的女神一句。

最後。

「「「「「「「「決定啦——!!」」」」」」」」

最後一名冒險者的綽號敲定，「命名典禮」結束。

⊡

諸神大會順利閉幕後。

眾神陸陸續續走出了大廳，為了將這次「命名典禮」的結果轉達官方發表，一部分神得意揚揚地前往公會本部。

變得空蕩蕩的樓層，只剩下洛基、狄俄尼索斯與荷米斯。

「那麼，有看到啥可疑分子嗎？」

「我有注意到幾個神……但祂們那態度應該只是想鬧事取樂，期待發生騷動。」

「我這邊也差不多。」

今天還是像貴族一樣穿著上等服飾的狄俄尼索斯，以及身穿輕便旅人裝束的荷米斯，報告了不怎麼理想的成果。

一個人坐在圓桌上的洛基，與締結了奇妙合作關係的兩名男神面面相覷。

（沒有收穫啊……哎，反正本來也沒多大期待就是──）

追根究柢想想，在事件背後牽線的幕後黑手不太可能出席這場諸神大會。就算膽子大到參加了，恐怕也沒蠢到會在這種場合露出馬腳。

洛基只覺得要是有哪個神知道些什麼就算賺到，所以既沒失望也不沮喪，對狄俄尼索斯他們形式上抱怨兩句。

「真是，盡把麻煩事塞給我。」

但她在心中補充道：不過反正艾絲他們不在，我閒得很。

洛基用好像吃了虧的態度瞥狄俄尼索斯一眼，他苦笑著說「我會再送上等葡萄酒給妳的」，她這才覺得痛快點。

「那麼，我走囉。」

忽然間。

荷米斯開口如此說道。

「嗄？」

「我有點瑣事要辦，得立刻出都市才行，旅行準備都做好了。」

看到洛基轉頭過來，荷米斯回以花美男的笑容。

接著他低下頭，看著手上的羊皮紙——這次升級的冒險者的名簿。

「況且有趣的見聞也到手了。」

他小聲低語，瞇起眼角細長的瞳眸。

「我會暫時離開歐拉麗，之後的事就拜託你們囉。別擔心，我很快就回來了。關於那件事，我會繼續讓孩子收集情報的。那我走啦。」

說完想說的話，荷米斯很快戴起了附羽毛的旅行帽。

他笑容可掬地揮揮手，就真的離開了。

「那個軟腳蝦，明明是他自己說我們都是受害者……」

「荷米斯就是那種神。」

洛基蹙起眉頭，身旁的狄俄尼索斯也在皺眉。

「對了，你在天界跟那軟腳蝦是老鄉對吧。」

「是啊，很無奈地，我們領地相近。」

順便一提，妳懷疑的赫斯緹雅也是。狄俄尼索斯好像累壞了似地嘆氣。

洛基他們就這樣，對宛如一陣任性的風般離去的男神，露出無故受到煩擾的表情。

「從那時候算起，已經過了十天啦……」

洛基躺在柔軟的長沙發上自言自語。

這裡是【洛基眷族】大本營（總部）「黃昏館」的會客室。

橙色基調的室內到處放著音樂盒等骨董品，人偶（矮人）們移動報時的機關鐘指著早晨的時間。

洛基維持著往上看向天花板的姿勢，回想著十天前的諸神大會，那場喜劇般饗宴背後發生的事……整個人癱在沙發上。

「還是好無聊喔～，想行動又沒辦法～」

她雙手疊在後腦杓，晃著掛在沙發邊的腳。

洛基換了個姿勢，抓起一旁小圓桌上的玻璃杯——諸神大會後狄俄尼索斯按照約定讓團員送來的葡萄酒——仰首喝了一大口。

對於一大早就在喝酒的主神，經過會客室的留守組團員都投以受不了她的眼神。

「真希望艾絲美眉她們早點回來～」

環顧少女們不在，顯得格外空曠的室內，洛基漫不經心地脫口而出。

聽她的語氣，一點都不懷疑前去「遠征」的眷屬們會平安回來。

「——洛基！伯特先生回來了！」

「哦？」

過了半晌。

面對會客室的通道突然傳來團員的聲音，讓洛基猛地從長沙發撐起上半身。

她跟在急著來叫主神的團員後面，趕緊前往宅邸的正面大門。

「不過伯特……就伯特一個人？」洛基內心正不解時，只見狼人青年的確是一個人回來，待在寬敞的入口大廳。

彷彿說明了經歷過的迷宮遠征，那件戰鬥裝（battle jacket）破破爛爛。

「哦——！伯特——!?你回來啦——!!」

「吵死了，我還有事要做啦。」

總之洛基為了孩子回來而高興，又蹦又跳的要撲上去——但伯特一下就躲掉了。

他好像連對話都嫌浪費時間，抓住前來迎接的團員做出指示：「把現在留在宅邸裡的團員統統召集過來，快點。」

男女團員們回答「好、好的！」，還沒弄清楚狀況就聽從伯特咄咄逼人的指示，這時洛基問了從剛才就一直在意的問題。

「欸，伯特，芬恩他們咧？」

「還在地下城。」

伯特接二連三下令，叫團員把背包還有肉類拿來，一邊準備再次出發一邊回答洛基。

他說遠征隊主隊在第18層陷入行動停止的狀況。

很多人中了毒妖蛆的劇毒，正在受苦。

而伯特必須在地表收購人數所需的解毒藥，帶到地下城。

洛基聽了簡短解釋，點點頭表示明白了。

「我去【迪安凱特眷族】。反正全部買下來也一定不夠，讓羅克斯他們跑其他道具店。」

「OK的啦！這下恐怕要花兩三天喔～」

畢竟專用的特效藥是以棲息於「下層」，而且數量不多的毒妖蛆的體液(掉落道具)製成，相當稀少，必須跑遍全都市才能湊到足夠分量。而且就算運用人海戰術，各店沒有庫存，就只能委託【迪安凱特眷族】重新調配解毒藥了。

雖然也可以直接請能運用高階治癒魔法的【戰場聖女】直接幫忙……但這樣會欠對方比解毒藥更貴的一大人情。阿蜜德本人為了艾絲她們一定願意偷偷幫忙，但問題在於最重要的主神(迪安凱特)。他以後一定會像先前哪次冒險者委託那樣，找機會趁火打劫——更何況迪安凱特本來就拿眷屬(阿蜜德)的高階魔法當成診療院的治療方式，謀取暴利——

明白了對團員們下指示的伯特用意何在，洛基用手指比了個圈圈。

「先別說這了，伯特，你不用休息一下嗎？剛從地下城回來應該累扁了吧？幫你揉揉肩膀怎樣？」

「不用，還有給我住手。」

看到洛基兩手不安分地蠢動著繞到背後，伯特一臉排斥地拒絕。

他跟回來的低階團員拿了背包揹起來，咬斷帶骨肉，忽然好像想起了什麼事，在戰鬥裝懷裡摸了摸。

然後他拿出羊皮紙卷軸，回頭說：「喂，洛基。」

「這啥啊？」

「芬恩給妳的。」

之後妳自己看。伯特說完，前往大門口。

洛基一瞬間讀完以紅字仔細寫成的文章，嘴唇浮現笑意。

芬恩給主神的親筆信，寫著在第59層水落石出的情報——「她」的真面目「汙穢仙精」，以及敵方勢力描繪的都市毀滅計畫（劇本）。

「幹得好，伯特。」

狼人從總部出發，洛基對他的背影投以笑容。

第二章

Rabbit Rookie

Гэта казка іншага сям'і.

Трусік Навічок

第18層「迷宮樂園」。

度過蒼然夜色籠罩的「夜晚」時段，「早晨」的水晶光灑落在整個安全樓層。樓層北部的溼地，東部到南部的整片大森林，以及西部湖泊與島嶼搭建的旅店城鎮，每個地方都平等地得到地下陽光的擁抱。

在這樣的樓層當中，南端地帶的森林搭起的【洛基眷族】露營地……

團員們聚集起來，人聲嘈雜。

「發、發生什麼事了，勞爾先生？」

「啊，蕾菲亞。」

蕾菲亞急忙趕往營地中心形成的人群，一頭濃金色長髮沒綁起來，證明了她剛睡醒。

她在帳棚中熟睡，注意到外面的嘈雜，現在才剛衝出來。順便一提，對殺意與敵意有如野獸般敏感的亞馬遜姊妹，可能是因為沒感覺到惡意，還在呼呼大睡。

蕾菲亞聽到騷動而趕來，人群裡的勞爾，還有身旁的貓人安琪都回過頭來。

「出身不明的冒險者們（小隊）從第17層下來了，聽說是艾絲小姐發現他們倒在地上，救了他們……」

「好像是被樓層主（歌利亞）襲擊了……渾身是傷，現在沒有意識。」

勞爾回答，安琪補充。

偶然聽到騷動的團員們圍繞著一塊地方，草地上有支三人小隊讓人照顧躺著，現在里維莉雅與治療師莉涅等人正在確認傷勢，進行治療。

身穿火精護布襯衣、和服便裝與長袍的冒險者們全都渾身是傷，身旁除了里維莉雅等人外，也有艾絲的身影。

平常缺乏感情的表情此時帶有擔憂之色，坐在地上看顧著冒險者們。

「那三人當中，好像也有【赫菲斯托絲眷族】的團員喔。」

安琪與驚訝的蕾菲亞一起望著艾絲等人，如此說著，視線投向人群一角。

她瞥去的方向，有少數幾名免於毒害的鐵匠，以及白布纏胸的椿。

「韋爾小老弟……」

睜大沒戴眼罩的右眼，半矮人的高級鐵匠注視著紅髮青年。

在地下城內的一項不成文規定，就是基本上不插手管其他小隊的事，不過既然那小隊裡有結盟的【赫菲斯托絲眷族】的成員，就實在不好袖手旁觀了。

更何況狀況特殊，雖說【洛基眷族】遠征回來，自己也沒有太多餘力，但他們還沒冷酷無情或心胸狹窄到能放著遍體鱗傷的同業不管。

里維莉雅迅速做出指示，幫傷患包上繃帶，拆掉武器防具，替骨頭碎裂的腿做固定處理，然後使用帶有溫暖光輝的治療魔法。

「還有，小隊裡好像有艾絲小姐的熟人喔。」

「艾絲小姐的……？」

勞爾像想起來般脫口而出的話，讓蕾菲亞敏感地起了反應。

她忍不住觀察起搬進露營地的傷患們。

躺臥著的傷患，有小人族少女、椿等人關心的人類鐵匠，最後是臉被艾絲擋住的人類少年……

（……嗯嗯？）

映入視野的光景讓蕾菲亞有種不好的預感，下個瞬間，她心頭一驚。

蕾菲亞離開原處，繞了過去，蔚藍眼眸定睛凝視——悄悄注視艾絲把手放在額頭上的少年。

纖細手腳與細瘦身材、稚氣未脫的相貌……然後是宛若新雪的白髮。

蕾菲亞猛然睜大了眼睛。

「啊～～～～～～～～～～～～～～～～!?」

她指著少年，放聲大叫。

聽到蕾菲亞的大叫，不只勞爾、安琪與其他團員，就連里維莉雅與艾絲都吃了一驚。

時間回溯到「遠征」前，那人正是與自己師事同一名憧憬的少女，蕾菲亞擅自當成競爭對手的仇敵。

蕾菲亞再度邂逅了宿敵少年——貝爾·克朗尼。

「安靜點，蕾菲亞!!」

「對不起!?」

里維莉雅馬上仦了她一句。

⊡

帳棚中充滿安靜的睡眠呼吸聲。

彷彿訴說著經歷過的困境，他們的眼瞼一直是緊閉的。躺在用外套鋪成的簡單床鋪上，讓人蓋上毛毯的少年、青年與少女陷入沉眠。

艾絲在帳棚裡注視著其他派系的小隊——貝爾等人的臉，坐在地上當起看護來。

自從他們被搬進【洛基眷族】的露營地以來，已經過了半天。他們現在待著的帳棚，是領袖芬恩體貼地將自己專用的提供給他們使用。小人族團長傳話給艾絲說「等他們起來後，如果可以，就送他們到本營來」，剛才還一個人來探過病——椿他們【赫菲斯托絲眷族】也來探望過似乎跟她同派系的青年——

多虧里維莉雅與治療師們的幫忙，傷口可以說已經痊癒了。傷得最重的是青年的腳，也已經連碎裂的骨頭都復原了，這都是靠正確診療與強力治療魔法的力量。至於擦傷等輕傷，則以剩下的藥膏與繃帶做了處理。

艾絲跪坐著，看著膝蓋旁沉睡少年頭上包的白布條，視線低垂。

（你已經，來到這種地方了……？）

隔著一塊布幕，帳篷外不時傳來講話聲與笑聲，艾絲獨自伸出手指，梳理般滑過貝爾的瀏海。

幾乎失去了所有道具與武裝的他們，真的渾身都是傷。一定是有如決死行般強行突破了中層區域，抵達這裡的吧。

最後一次分手，不過是兩星期前的事。

當時的少年確實是Ｌｖ．１的初級冒險者，在市牆上鍛鍊之際，他也的確說過到達樓層是第10層。

然而短短這麼一段時間，他已經走完了總共八層的樓層。

從「上層」到「中層」，一口氣進入了第18層。

不敢相信，這種到達樓層更新速度真讓人懷疑自己的耳朵。

艾絲眼睜睜看見少年等人現在就在這裡，這項事實令她無法不驚訝，同時也產生了確信。

（你升上，Ｌｖ．２了啊……）

經過那場與猛牛（彌諾陶洛斯）的死鬥「冒險」，少年讓自己的「器量」昇華了。

如同討伐了樓層主（烏代俄斯）的艾絲。

若非如此，他不可能到達這個中層中間區域的第18層。

貝爾等人當初，一定也無意一路走到安全樓層吧。恐怕是在探索「中層」的較淺層域時遭逢意外事故，陷入難以歸返地表——無法逃出迷宮的狀況。

也許是堵塞正規路線的大規模坍方，或是被怪獸追趕，不慎落入縱穴（陷坑）。在又被稱為第一死亡線的「岩窟迷宮」有時是可能發生這種狀況。

在那絕望的狀況下，他們……不是坐等遙遙無期的救援，更不是聽天由命，而是前進，為了生還。

「你很想救他們，對吧……」

她想起少年直到最後都在替同伴求救，失去意識的悲壯神情。

是死地求生的勇氣、決斷與智慧，以及對同伴的真心，將貝爾他們引導到這安全樓層的。

「……不過。」

不可以勉強自己喔。她說。

艾絲完全沒想到自己的所作所為，朝貝爾的臉伸出手。

撕裂的額頭血流如注、滿臉是血的模樣。留下許多傷痕，仍然身陷深沉疲勞的眼前睡臉。

她低垂著金色眼眸，撫摸包著繃帶的額頭。

這時。

「……」

「！」

就像意識被艾絲撫摸額頭的手指勾起般，眼瞼震動了。

艾絲迅速把手收了回來。

他似乎在對抗泥沼般的倦怠感，呼吸困難地發出小聲呻吟。

艾絲目不轉睛地注視他的側臉，一會兒後，兔子般的深紅赤瞳睜開了眼睛。

「……」

他慢慢張開眼瞼，眨了幾下眼睛。

貝爾完全沒注意到近在身旁看顧的艾絲，用半夢半醒的表情持續注視著帳篷天頂。

然而，下個瞬間。

「——莉莉，韋爾夫!?」

他睜大雙眼，上半身彈跳般坐起來。

貝爾似乎想起了至今的整件事，叫著同伴的名字想跳起來。

——啊，太急著動的話會……

艾絲正在這麼想時，果不其然。

「～～～～～～～～～～～～～～～～!?」

他像是全身發出劇痛慘叫般，身體縮成一團。

在艾絲的眼前，貝爾像腦袋出問題的兔子般痛苦掙扎。

被迫看著對方忍受痛苦十幾秒，艾絲猶豫著該不該叫他，最後下定決心開口道：

「還好嗎？」

霎時間，他頓住了。

痛苦扭動的少年身體停住了。

隔了一拍，他霍地抬起頭來。

在伸手可及的距離內，金色眼眸與深紅眼瞳視線交纏。

「咦，啊！咦咦……!?」

「……沒事吧？」

看到端莊地坐在身旁的艾絲，貝爾尖聲怪叫，表情瞬息萬變。

貝爾失去理智的模樣讓艾絲柳眉低垂，面露悲傷的表情。

看來一定是重重撞到頭了。艾絲好擔心。

不顧艾絲的不安，貝爾雖然行徑怪異，但似乎終於明白了狀況，倒抽一口氣。

他似乎理解到自己即將昏厥之際，求救的對象就是艾絲，臉色紅一塊，白一塊。隔著靴子抓過艾絲的腳的那隻手簌簌發抖，臉一下紅一下青。

「您、您怎麼會在這裡……!?」

「我們『遠征』完要回去……停在第18層這裡……」

貝爾還沒冷靜下來就急著問，艾絲結結巴巴地回答，簡單解釋了踏上遠征回程的【洛基眷族】的現況。

貝爾原本還偷瞄好幾次艾絲的臉又坐立難安，聽著她解釋。

忽然間他猛一回神，挺出上半身。

「！我的同伴呢——!?」

少年正要問同伴的安危，但沒能把話講完。

因為他手一撐在地上，手肘就一軟，彎了下去。

受傷而疲憊不堪的身體跟不上唐突的動作，不聽貝爾使喚地向前摔倒。

眼見少年向前撲倒，危險！艾絲做出了反射動作。

艾絲挺起身子，伸出雙手，接住他的身體——就聽見「噗呼」一聲。

「……」

「……」

艾絲的雙手在貝爾的雙肩上，貝爾的臉撞進了艾絲的胸前。

少年的臉，被艾絲受銀鎧保護的胸溝包住。

艾絲吸收了衝擊力道，接住他了，應該不會痛才是。但貝爾卻像結凍般動也不動。

是不是鼻子撞到護胸了？

艾絲擔心地低頭看著胸前的白髮後腦杓時，貝爾整個人飛了出去。

「真是很抱歉!?」

他臉像熟透的蘋果般染紅，猛力往後方仰倒。

艾絲還來不及輕聲說「啊」，貝爾已經先翻倒在地，頭直接撞上地面。也許是全身的痛楚像落井下石般復發了，他發出不成聲的哀叫，用盡全力痛苦掙扎。

看到少年雙手按著肚子受苦，慌張的艾絲正無能為力時——

「啊……韋爾夫。」

深紅眼瞳注意到同伴了，就躺在他倒下去的位置旁邊。

貝爾忍著痛撐起上半身，看看跟剛才的他一樣躺著休息的人類青年與小人族少女，緊繃的身體放鬆了。

「他們倆，都沒事……里維莉雅她們，有幫他們治療。」

說完，艾絲靠近放下心中一顆大石的他。

「這個人的傷勢是很嚴重……不過你的傷勢，也很危急喔……」

瞥了一眼聽說是鐵匠的青年的腳後，艾絲撫慰著貝爾的額頭。

她輕輕撥開白色瀏海，隔著繃帶溫柔地摸摸額頭，就像關心弟弟的姊姊。

配合著纖纖玉指的動作，貝爾轉眼間染紅了臉頰。

艾絲偏了偏頭。

「沒事吧？」

艾絲的這個舉動，讓對方終於連耳朵與脖子都紅了。

艾絲雖然感到納悶，但照樣繼續撫摸額頭。

「謝、謝謝，妳……謝謝妳救了我們，真的……」

「不會。」

任由艾絲撫摸的少年，勉強把身體挪開，向她道謝。

艾絲搖搖頭，心中暗自低語「別放在心上」，嘴唇流露出微微笑意。少年似乎顯得有點難為情。

艾絲與貝爾四目交接了一會兒後，緩緩抬起頭，看向帳棚的出入口。

「動得了嗎？」

「啊……可、可以！」

「芬恩……我們的團長，叫我聯絡他，跟我來？」

看到貝爾點頭，艾絲當場站了起來。

她關心著對方負傷的身體，伸出手來。

「我、我可以的！」

然而，貝爾躲開了艾絲的手。

他那種動作，就像是不想再繼續被弄得臉紅。

看到貝爾試著自己站起來，艾絲維持著伸出手的姿勢僵住，受到了不小的打擊。

（摸、摸太久了……？）

又是額頭，又是瀏海的。

也許他其實很不喜歡？

回顧自己像摸兔寶寶一樣亂動的手，艾絲懊悔不已。這事讓她突然想起主神（洛基）說著『我這不是性騷擾——！』，撲向艾絲與蒂奧娜她們的模樣。

看到艾絲陷入沮喪，「不、不是，艾絲小姐！這是男子漢的志氣，或者該怎麼說……！」貝爾慌慌張張地想告訴她什麼，但身體又痛起來，沒能把話講完。

結果貝爾總算是沒借助艾絲的力量，站起來，穿過出入口來到帳棚外。

「哇……!?」

視野裡鋪展開來的遠征隊露營景象，令貝爾驚嘆不已。

好幾個帳棚，還有搬運物資用的貨物箱。艾絲看他好像覺得稀奇地東張西望，正覺得可愛時……其他團員們不知怎地，面露比平常更凶惡的表情。

看著兩人的眼神既冷漠，又尖銳。

「……？」

大家是怎麼了？

艾絲覺得不可思議，身旁主要被瞪的貝爾臉色鐵青。

美麗的第一級冒險者一點都沒察覺，原因出在自己不辭辛苦地陪在少年身邊照顧他。

「咦——！阿爾戈小英雄來了嗎——!?」

露營地的一隅，傳出了蒂奧娜的歡呼。

「阿、阿爾戈英雄……？」

蕾菲亞跟她解釋貝爾・克朗尼等人被搬進來的事，亞馬遜少女聲調突然高了起來，嚇到了她。

時間已是「白晝」。

跟昨天一樣，大家在露營地照料受「毒」所苦的病人們，或是確保糧食與水。

蒂奧娜一直在跟蒂奧涅一起驅除靠近營地的怪獸群，只聽說大家保護了落難的幾名冒險者，似乎並不知道詳情。

蒂奧娜想問艾絲怎麼回事，但她幫忙里維莉雅等人做治療，至今一直窩在帳棚裡。總得有個人來做看護……應該說是監視，於是就挑中了跟少年認識的她——還有一大原因是因為艾絲看起來心神不寧又坐立不安，而里維莉雅見狀，不知為何也推薦她照顧傷患——

「蒂奧涅，妳聽見了嗎!?是阿爾戈小英雄耶，阿爾戈小英雄！那場戰鬥以來還沒過多久，他就跑來這裡了耶！」

「妳很吵耶——，我知道啦。是說妳那個『阿爾戈小英雄』……」

「嘿嘿——，就是那個童話故事的名字——。很配吧？」

「妳白癡啊？」

妹妹染紅臉頰咧嘴而笑，看得姊姊一副傻眼的表情。

看到蒂奧娜雙手拿著大雙刃（烏爾加）又蹦又跳，蕾菲亞正在吃驚時，本來還在嘆氣的蒂奧涅也一瞬間露出笑容。

「不過呢，這樣啊，他來了啊……真是個讓人熱血沸騰的小弟弟。」

那正是女戰士(亞馬遜人)本能受到刺激時的笑容。

「欸欸，蕾菲亞，阿爾戈小英雄在哪裡啊？」

「現在好像在與團長們會面……」

蕾菲亞有點不高興地解釋，說艾絲帶他去本營找芬恩他們了。

與她正好成反比，蒂奧娜開開心心地說。

「我等會就去見他。」

她就這樣與蕾菲亞告別，跟蒂奧涅一起回帳棚，先去把武器放下。

「不只艾絲小姐，連蒂奧娜小姐她們都……」

對硬闖這種場所的少年，這麼有興趣……

蕾菲亞喃喃自語，有點生氣。

就像仰慕的姊姊們被搶走的妹妹一樣。

她回去做分配到的營地工作，鼓著臉頰。

「勞爾先生，那個白髮人類究竟是怎樣啊……」

「竟然讓艾絲小姐照顧他……他是高級冒險者嗎？那種傢伙，我可從來沒看過也沒聽過。」

「小的也不知道啦……還有，你們幹嘛這麼劍拔弩張的啊……」

就以蕾菲亞的眼光來看，露營地對少年也並不怎麼歡迎。人類勞爾的周圍以男性團員為主，散發著殺氣。

除了椿與鐵匠們為了自家青年興奮地說「想不到那個小弟，竟然能跟其他派系的人跑來這裡——」之外，其他都散發著些微敵意的氣息。

「那個白髮混帳！」「竟敢對大家的艾絲小姐……！」「咕呶呶呶！」「我們都沒讓艾絲小姐那樣照顧過耶……！」「難道不知道美若天仙的【劍姬】只能遠觀，不可褻玩嗎！」

看來並不只是些微，總之大家似乎都有點意見。

很多低階成員由於對美麗脫俗的金髮金眼少女太過敬畏，平常雖然有距離，但都對她懷抱著憧憬與驕傲。

感受著對神祕白兔的反感氛圍，蕾菲亞決定也向其他人問問意見。

「各位有什麼看法？」

她向這時跟自己同樣負責炊事的女性團員們提起此事。

在搬運物資用的貨物箱旁，正在把蕈菇與香草切成小塊，用汲來的泉水與鍋子燉煮料理的貓人安琪、人類娜維與莉涅面面相覷。

「大家都是同業，這種時候就該互相幫助，不是嗎？」

「見死不救，睡覺會做噩夢的。」

安琪與娜維這兩名Lv．4的二軍成員露出苦笑。

「再說，艾絲小姐好像認識那人……」

休息時間來幫忙的治療師莉涅，扶正眼鏡怯怯地表達看法。

聽了她們的回答，蕾菲亞忍不住噘起嘴唇。

「不過，真意外呢……」

「什麼真意外，莉涅？」

「我還以為勞爾先生也會跟其他男生一樣看他不順眼……」

莉涅望著一個方向，只見不起眼的人類青年置身於低階團員的圈子裡聽大家抱怨，被弄得暈頭轉向。

「妳看嘛，勞爾……感覺煩心事不斷，應該沒空想那些吧？」

看到勞爾喊著「別這樣啦～」的模樣，年紀比他小的娜維，苦笑著說出算不上站在他那邊的話。

「……我跟勞爾，差不多是同一時期進來的。」

這時，在火堆上攪拌鍋子的安琪開口了。

「我們加入這個【眷族】時，那女孩（孩子）……艾絲已經Ｌｖ．２了。」

「就、就是八歲就達成Ｌｖ．２最快到達紀錄的……那、那項傳聞？」

「沒錯，比我們嬌小好多的女生……應該說小妹妹，身手好快，把怪獸當奶油一樣一隻隻切開。」

安琪對莉涅點點頭，也許是想起了當年的情景，低頭看著用木杓攪拌的湯鍋，微微苦笑。

「勞爾可是嚇壞了，從那時候就稱艾絲為小姐。很好笑吧？我想勞爾應該很尊敬她，但沒辦

法像主神（洛基）說的那樣把她當『偶像』看。」

畢竟他是一路看那女孩（孩子）長大的。

安琪瞄了一眼還在被大家弄得暈頭轉向，與自己同個時期加入的青年。

「當時的艾絲，比現在更教人毛骨悚然……我也不禁跟她保持過距離。」

娜維、莉涅與蕾菲亞不只比艾絲晚加入，也是安琪的後輩，聽到她這番話，喉嚨不禁發出咕嘟一聲。

「所以沒事的，蕾菲亞。」

「咦？」

「蒂奧娜、蒂奧涅還有妳中途加入這個【眷族】後，艾絲變得圓滑許多，比以前更會笑了。」

蕾菲亞是在三年前入團的。

當時她這個Lv.2的「學區」優等生踏進【洛基眷族】大門時，艾絲已經讓蒂奧娜與蒂奧涅纏著玩了。

不用擔任何心，也不用嫉妒。黑貓小姐如此對蕾菲亞笑著，使得蕾菲亞知道自己內心全被看穿，不禁臉紅起來。

她為了掩飾羞恥，開始專心替要放進鍋裡的水果剝皮，結果連娜維與莉涅都輕聲笑她。

（也、也罷，畢竟我們跟艾絲小姐之間，可是有著外人無法介入的深刻情誼嘛？）

被安琪勸說過後，蕾菲亞心情好了一點，帶著笑容處理炊事工作。

然而，拿備用匕首削著果皮，她的表情漸趨嚴肅。

（照艾絲小姐的說法，那人在遠征前應該才Lv．1……是個不知名新興派系的初級冒險者才是……）

她回想起難看地被自己追著跑的貝爾的側臉。

在這麼短的期間內，他是怎麼到達第18層的……？

那個少年接受了艾絲的特訓，是否也有所成長？就跟自己一樣？

對於自己擅自認定為宿敵（勁敵）的少年，蕾菲亞不由得產生複雜的情感。

不久，與安琪她們一起準備好晚餐材料後。

蕾菲亞為了幫忙其他工作，在露營地裡四處走動，正好看到艾絲從本營走出來。

蕾菲亞神色一亮，但看到隨後出現的白髮少年，馬上板起一張臉。被周圍團員們狐疑地瞪著，貝爾緊張兮兮，像兔寶寶般形影不離地跟著艾絲。

看到少女跟少年照例一起行動，不愉快的心情還是在蕾菲亞心中高漲。

周邊來來往往的其他團員跟身為派系幹部的艾絲打招呼時，蕾菲亞改變前進方向，往兩人身邊一直線走去。

「——您辛苦了，艾絲小姐！」

「嗯，蕾菲亞也是。」

笑容可掬地打過招呼後——與艾絲背後的貝爾擦身而過之際。

蕾菲亞像剝下面具般收起掛在臉上的笑容，「瞪!!」地怒目橫眉給了他一個眼神。

「噫！」

精靈魔導士的銳利氣焰，讓對方發出細小的哀叫。

畏怯的表情寫滿了「好可怕……！」的感想後，貝爾好像注意到什麼，臉色一變。

深紅眼瞳緊盯著微微跳動的精靈細耳，以及美麗的蔚藍雙眸。

都市市牆附近的邂逅，展開的壯大追逐戰，與美麗精靈的絕命賽跑（death race）。

他似乎認出了蕾菲亞，臉頰嚴重痙攣。

（您敢對艾絲小姐動手動腳，我可不饒您……！）

（是……!?）

無言的視線衝突（eye contact），強制的意見溝通。

一切盡在一瞬間。

不滿一秒，擦身而過之際的你來我往，讓少年臉色發青，渾身發抖。狠狠給了對方忠告的蕾菲亞「哼！」一聲，走過他身邊。

她氣呼呼地離開兩人，但又偷瞥了跟著艾絲移動的貝爾一眼。

這是監視兼警戒。

蕾菲亞跟其他不抱好感的團員一起，趁工作空檔一再觀察他。

然後，就在蕾菲亞一直把他放在視野角落時——

「哇——，真的是阿爾戈小英雄耶——！」

開朗的聲音響起。

是滿面喜色的蒂奧娜。

她小跑步靠近跟艾絲在講某些事情的貝爾，蒂奧涅也隨後跟上。

「我聽人說你被抬進來，原來已經醒了啊！真是太好了呢——，阿爾戈小英雄！」

蒂奧娜的聲音遠遠都能聽得一清二楚，旁人眼光也能看出她有多開心。就連當事人貝爾都不知怎地，對表示善意的她驚慌失措。當然，目睹這種光景的蕾菲亞與其他許多人的心情都直線下降。

看起來，他們似乎在做自我介紹。

蒂奧娜用天真爛漫的態度接觸他，蒂奧涅則顯得頗感興趣。

被容貌端整的雙胞胎姊妹逼近、逗弄，少年轉眼間變得滿臉通紅。

健康的褐色肌膚，暴露在外的肚臍，小蠻腰與豐滿胸部——亞馬遜人的魔鬼身材弄得他心猿意馬！

要是把微偏著頭的艾絲也算進去，就是讓三個美少女陪侍身邊！

明明才剛忠告過他!!

（別得意忘形了。）

（可別得意忘形了。）

（不准得意忘形——!?）

（請您別得意忘形了……!!）

跟充滿怨念的男性亞人們一起，蕾菲亞在心中唱誦詛咒。

她跟身旁的人們站在同一線，用足以射殺龍族的視線集中炮轟貝爾。

眼露駭人凶光的男性團員＋蕾菲亞，令待在遠處的少年臉色發青。

「我、我去看看同伴怎麼樣了！」

貝爾感覺到生命危險，從艾絲她們身邊逃走了。

他不顧一切地跑回分配給自己的帳棚。

逼得少年撤退的蕾菲亞終於再也無法忍受，跑到悠悠哉哉又依依不捨地說「啊——，跑掉了——」的蒂奧娜與艾絲她們身邊。

「那、那個！蒂奧娜小姐妳們，為什麼一直……呃，逗弄那個人類呢？各位跟那個冒險者發生過什麼事嗎？」

跟少年做過鍛鍊的艾絲跟他有關係，這蕾菲亞還能理解。

然而蒂奧娜她們照理來說應該沒跟少年交流過，蕾菲亞無法理解兩人為何對他這麼有興趣。

就連芬恩都在第59層搬出「貝爾・克朗尼」的名字，煽動過蕾菲亞等人的鬥志。

蕾菲亞問出了一直很在意的問題後，蒂奧娜與蒂奧涅就像攬鏡相照般面面相覷。

「與其說發生過什麼……」

「他那時候很厲害喔！」

蒂奧涅苦笑著，身旁的蒂奧娜開心到不行地叫道。

「才Lv.1，就打倒了彌諾陶洛斯！」

「而且是一個人。」

聽蒂奧娜與蒂奧涅這麼說，蕾菲亞僵住時——艾絲也點了個頭。

她領首表示肯定。

「什麼……!?」

蕾菲亞說不出話來了。

「——他們為了同伴不顧自身性命，抵達了這第18層，都是勇氣十足的冒險者。我不會要你們跟他們和睦相處。但同樣身為冒險者，希望大家即使只有一點點也好，能帶著敬意與他們來往。……那麼，我們回到晚餐時間吧。」

森林籠罩在黑暗中，芬恩起身發言的聲音響徹全場。

團員們形成一個大圈子，圍著如營火般堆疊起來的魔石燈，一齊舉起分配到的杯子。

『乾杯！』

小小的宴會開始了。

在空間開闊的露營地中心，頭頂上方被森林枝葉堵塞的高空中，天頂的水晶陷入沉默，為整個樓層帶來「夜晚」。

接續昨晚舉行的晚餐會當中，也有著艾絲帶來的貝爾等人的身影。他的同伴似乎恢復到可以走動，鐵匠青年與小人族少女也加入了餐會。

被芬恩間接叮囑不要引起糾紛，滿心私怨的男性團員們難為情地抓抓頭。他們憑著高級冒險者的自尊心，以及都市最大派系的面子，暫且壓下了對貝爾的不滿。

自我警惕後，就能盡情享受晚飯。

在立於本營的團旗——小丑徽章（trickster）的看顧下，【洛基眷族】的團員們與【赫菲斯托絲眷族】的少數幾名鐵匠一起吃喝。他們吃著用物資中剩餘的少許鹽調味過的蕈菇與酸味水果湯，暢飲用寒冰魔法冷卻過的小河清涼的冰水。美食彷彿沁入了「遠征」疲憊的身體。

享用著少許材料下工夫做成的餐點，各處都綻放著笑容。

「……」

當談笑聲不絕於耳時，蕾菲亞沒碰湯與水果，一個人默不吭聲。

在她的視線前方，艾絲與貝爾等人坐在遠離自己的位置。

少年先是似乎覺得很稀奇，看著分配到的雲果子一會兒，接著咬了一口，然後像是反胃般全身發麻。

（Ｌｖ．１，就打倒了「彌諾陶洛斯」……）

她總是不禁想起晚飯前聽蒂奧娜她們說過的話，忍不住注意起貝爾，無法忽視他。

蕾菲亞透過與艾絲她們的鍛鍊，也學會了「並行詠唱」，感覺自己似乎脫胎換骨了……但對方也獨自擊敗了分類為Ｌｖ．２的大型級怪獸，而且對手還是「彌諾陶洛斯」。

那可是如果正面互毆，連第三級冒險者都會感到棘手，「力量」與「耐久」特化的代表性怪獸。

Ｌｖ．１的冒險者達成的「豐功偉業」讓蕾菲亞又是不甘心，又不知該如何形容，胸中重新燃起了競爭意識。

蕾菲亞難得沒跟任何人講話，一個人獨處，無法控制的情緒無處發洩。

「不過話說回來……那幾個傢伙可真熱鬧啊。」

「哈哈哈，就是啊。」

蕾菲亞正在悶悶不樂時，派系的首腦陣容都聚在上座，芬恩對捋著長鬍鬚的格瑞斯所言笑笑。

剛好在芬恩他們的正面，在人群中艾絲坐著的角落，貝爾與他的同伴正在吵鬧，看來是為了搶水果而吵架。

小人族少女滿臉通紅地尖聲哭叫，用力踹鐵匠青年的背。至於青年則把雲果子吃得乾乾淨淨，好像毫不在意。貝爾表情抽搐，艾絲似乎覺得不可思議，在發愣。

看到這逗趣的光景，不只女性團員，【洛基眷族】的人們都不禁輕聲笑起來。

「嗯咕！蒂奧涅——！咕嘟！我們也趕快去阿爾戈小英雄那邊嘛——！」

「不要邊吃東西邊講話!?反正妳現在沒吃夠等一下又要吃，先把飯吃完啦！真受不了——來，團長，要不要來一杯？」

「嗯？啊啊，好。」

不過論熱鬧【洛基眷族】也不輸他們。

蒂奧娜邊大口灌著不知道第幾碗湯邊吵，蒂奧涅凶巴巴地叫她好好吃飯，又忽然嗲聲嗲氣地依偎到芬恩身邊。

她斟進容器的，是葫蘆形的水果「赤漿果」。把這種水果上半部前端的厚皮切掉，就能從中擠出果凍狀的赤紅果肉。果實越青澀就越酸，熟透時會變甜，熟過頭了又會變苦，不過帶苦味的果肉味道有點像酒；高級冒險者們鑽地下城太久，開始想念地表的廉價酒（麥酒）時，都會用赤漿果安慰舌尖與喉嚨。

就連滴酒不沾的里維莉雅，也只會喝一點赤漿果，當作是冒險者的愛好。

受到少女（精靈）團員們勸酒，王族公主面露笑容，喝了不會醉的迷宮水果酒。

「等……椿小姐！饒了小的吧!?是說這酒，好像是矮人那種超烈的……!?」

「怎麼怎麼，這麼不爭氣～!?不過是喝乾一瓶矮人的烈酒嘛！」

椿沒學乖，又拿出從城鎮（里維拉）換來的酒，跟勞爾對飲。

面對手持矮人標誌酒瓶的她，人類青年轉眼間變得面紅耳赤，醉得不省人事。

「唔，真沒勁～。喂，格瑞斯，你來示範給他看！」

「老子是很想喝個過癮……但老子也有老子的立場，等回地表再陪妳喝吧。——喂，里維莉雅，別瞪！老子明白！」

椿把勞爾扔在地上，臉頰微微泛紅；格瑞斯遭受池魚之殃，被里維莉雅從旁瞪著。看到他們這番對話，【洛基眷族】的低階成員們忍不住笑出聲來。

「遠征」幾乎已告尾聲，團員們的心情完全鬆弛了。

那就如同夜晚的森林當中，撐過激戰的戰士們一時舉杯慶賀——英雄譚（繪本）中的一幕。白髮少年看著周圍這種喧囂，一個人露出笑容，興奮地環顧冒險者們的圈子。

露營地的整片光景，比起昨晚更加熱鬧。

「椿，聽說你們派系的鐵匠也在……就是那名青年嗎？」

「正是，里維莉雅，就是他。呵呵……嗯，看他身體好多了，差不多該去逗逗他了吧。」

里維莉雅確認過站在露營地周圍看守的團員，不經意將目光轉向紅髮青年時，椿吊起嘴角當場站起來。她伴隨著苦笑的其他高級鐵匠，拿著酒瓶直直往貝爾等人走去。

「靠！」該名青年用力皺起眉頭。

「韋爾小老弟，你這什麼表情啊？鄙人是擔心你，特地來看你耶。」

「少騙我！身上都是酒味！」

「不過，真想不到韋爾小老弟會跟其他派系的冒險者組隊，來到這第18層呢——」

醉醺醺的椿把青年充滿反感的話當耳邊風。

「妳這……！」晚輩鐵匠咬牙切齒時，椿注視著他身旁的白髮少年。

少年被她目不轉睛地打量，顯得很尷尬時，椿「哦？」了一聲。

她輪流看看身邊的艾絲與少年，好像了解到了什麼，雙手一拍。

「哦——！鄙人懂啦！你就是克朗．貝爾尼對吧!!」

「您、您認錯人了。」

椿興奮地說貝爾就是蒂奧娜告訴她的「在前往第18層的路上看到的厲害冒險者」——傳聞中前途無量的冒險者；貝爾被她用奇怪的名稱稱呼，冒著汗否定。

半矮人鐵匠大師(master smith)無視於少年的反應，與貝爾握手，帶著笑容說「鄙人名為椿」做自我介紹，用力上下揮動握著的手。

至於給人錯誤情報的亞馬遜少女，才剛邊擦嘴邊說「吃完了——！」，又喊著「阿爾戈小英雄——！」，帶著蒂奧涅一同殺向貝爾他們。

「……那個，里維莉雅大人、團長。」

蕾菲亞旁觀吵鬧起來的艾絲等人，一直悶悶不樂。

此時她走到里維莉雅他們身邊，出聲問道：

「里維莉雅大人你們，是否看到了那個貝爾．克朗尼……先生跟『彌諾陶洛斯』交戰的情形？」

三人互相看看後，芬恩與里維莉雅點頭說：「是啊。」

「妳也知道，老子跟妳都在後續部隊。所以很遺憾地，老子沒看到那年輕人在第9層的戰鬥，不過……」

「我與芬恩倒是親眼看到了。」

「再來就是艾絲、伯特與蒂奧娜她們囉。」

格瑞斯似乎真的像他說的一樣感到遺憾，捋著鬍鬚，里維莉雅與芬恩一邊看向貝爾，一邊回答。

「那個，他真的……是一個人打倒對手的？沒借助艾絲小姐或團長你們的力量？」

「當然，否則他現在就不在這裡了。」

「反倒是艾絲想幫忙，還被拒絕了呢。」

聽到蕾菲亞做確認，芬恩笑著，里維莉雅則是閉著眼睛似乎覺得有趣，兩人都表示肯定。

領袖他們都說實在精彩，語氣中含有讚賞。

蕾菲亞領悟到貝爾・克朗尼的「冒險」是貨真價實的——同時還是產生了「不甘心」的心情。

（我是到了Lv．3才能一個人擊退「彌諾陶洛斯」……）

前衛與後衛，冒險者與魔導士。蕾菲亞也知道兩者是不能相比的。

然而，蕾菲亞就是忍不住拿自己跟少年比，單純因為兩人都以憧憬（艾絲）為師。

嗷咕咕咕！她不禁在里維莉雅等人面前發出呻吟。

偷瞄一眼，自己不過一下子沒注意，貝爾又讓艾絲、蒂奧娜與蒂奧涅陪侍身邊——正確來說是被包圍盤問「要怎麼做才能讓能力項目變成全S啊？」——僵在那裡。芬恩等人看到那種場面都在嘆氣，但無意阻止。

（又、又讓艾絲小姐她們……！）

看著不知為何淌著冷汗的少年，蕾菲亞又惱又氣，自己也打算殺向艾絲他們。

『——咕嗚哇⁉』

「⁉」

就在前一秒鐘。

從露營地外的遠方，傳來像是年幼少女的哀叫。

負責看守的團員們慌亂起來，「不好意思，讓我去一下！」白髮少年說著，一溜煙地衝了出去。小人族少女、鐵匠青年與艾絲她們也隨後跟上。

露營地頓時嘈雜起來。

看來又多了個不速之客。

間章

和解的背面

Гэта казка іншага сям'і.

Задняя частка пасёлка

「哎呀~，真不好意思突然不請自來！不過真讓我驚訝，想不到救了貝爾小弟的竟會是你們【洛基眷族】耶！」

花美男天神笑咪咪的，口齒清晰地說個不停。

侍立他背後的隨從嘆著氣，芬恩等人注視著被帶到帳棚的客人們。

方才宴會舉行到一半，從露營地後方——通往第17層的甬道隨著哀叫現身之人，原來是貝爾・克朗尼的主神赫斯緹雅。

令人驚訝的是，她是為了救出被困在地下城的眷屬與其同伴，而一個主神特地來到了這座地下城，而且是寧可違反管理機構（公會）禁止諸神進入地下城的明文規定。面對這種情形，就連在迷宮都市長年當冒險者的芬恩與格瑞斯等人都說「第一次看到有神直接趕赴地下城」，由衷發出苦笑。

而跟著女神赫斯緹雅一同前來的，有此時待在芬恩等人眼前的男神荷米斯、他的眷屬以及其他冒險者。

「容我確認一下，天神荷米斯，你們各位來到這第18層是為了救出貝爾・克朗尼一行人……沒錯嗎？」

「是啊，沒錯，【勇者】。是赫斯緹雅委託我的，也有正式的委託書。」

此時，芬恩、里維莉雅與格瑞斯這些派系首腦陣容，正在與荷米斯會面。

本營帳棚當中除了他們外，艾絲、蒂奧娜、蒂奧涅等伯特以外的幹部也都到齊了。勞爾也敬陪幹部末席，參加這場會面，好將對方的狀況傳達給外面收拾夜宴的蕾菲亞等其他團員。

在艾絲等人的凝視下，荷米斯從懷中取出冒險者委託的委託書。

羊皮紙上有公會認證的印跡，並且寫著四十萬法利的報酬金額。

（妳好。）

（……妳好。）

侍立主神(荷米斯)背後的眷屬女性亞絲菲，用只有艾絲明白的淡淡微笑向她致意。

艾絲與這位【荷米斯眷族】的女領袖，亞絲菲・阿爾・安朵美達在第24層糧食庫的事件當中，曾經組成共同戰線。兩人曾臨時組隊而有過一面之緣，以同業行話來說就是「冒險過同一樓層的情誼」。

看著晃動水色(aqua blue)秀髮的她，艾絲也綻放一絲微笑，動了動嘴唇回應。

「雖然我很好奇你們怎麼會停留在這個樓層……不過容我先說出我方的要求吧。」

荷米斯是做為搜索隊的代表，造訪此地的。

女神他們都到借給貝爾的帳棚去了，艾絲感覺他們與身穿遠東式戰鬥衣的冒險者們之間似乎起了點爭執，雖然在意，但做為派系幹部，當男神前來表示「我想解釋狀況順便做交涉」時，還是參加了面談。

「想請你們准許我們在這露營地逗留，然後如果可以，當你們從第18層出發時，希望能讓我們與部隊同行。」

「為了平安歸返地表？」

「很高興你明白。」

聽到芬恩做確認，荷米斯用笑容點頭。

本來貝爾等人到這安全樓層來避難，就是為了跟踏上回程的高級冒險者小隊同行，以突破危險地帶「中層」回到地表。

荷米斯的第二項請求也是同一個目的，雖說搜索隊戰力充實，但也沒必要特地涉險，何況現在第17層還有樓層主（歌利亞）。

如果【洛基眷族】這支強力槍矛能代為殺出一條路，跟隨其後是最安全的。

「我們為了拯救貝爾小弟他們而趕來，沒帶露營裝備。話雖如此，在那個做為流氓城鎮（rogue town）赫赫有名的旅店城鎮（里維拉）住宿，也不太好嘛。」

妹妹（蒂奧娜）雙手在後腦杓交疊著說「阿爾戈小英雄他們一定會很慘～」，被姊姊（蒂奧涅）用手肘頂了一下說「妳閉嘴啦」。

「糧食我們自己會想辦法，如果有什麼花費，回地表後，我的【眷族】會代墊，想要謝禮也行。」

「你只是受人之託，倒挺大方的吶。」

「哈哈，因為出發之際，赫菲斯托絲也有拜託我照顧韋爾夫小弟嘛。」

好會交涉的神。

與亞絲菲的主神正式見面，讓艾絲有這種感覺。

先說出心底話與場面話，然後表示些許誠意，讓對方難以拒絕要求。而且他還稍微提了一下【洛基眷族】無法棄之不顧的同盟派系（赫菲斯托絲）鐵匠，真是精明，就連格瑞斯聽了也嘆氣。

「拜託『遠征』回來疲累的你們，我也覺得很過意不去，不過……如何？」

天神荷米斯……他除了幫助陌生旅人，也以援助商人而聞名。

同時也是謊報正式Lv.，以中立派系自居的【眷族】的主神。談話技巧跟洛基相比，又是另一種不同的高超。

觀察著聽說超過十天前諸神大會結束後就踏上旅程，才剛回來的男神，艾絲的感想是：這位神物不可小覷。

「天神荷米斯，多餘的勾心鬥角就免了吧。只要各位答應我們不引起騷動，我們會准許各位逗留以及一同歸返。一度曾經保護過的對象，我不會棄之不顧的。」

「唉呀，這真是抱歉。謝謝你，感激不盡。」

芬恩苦笑著答應了荷米斯的要求，坦白說，他的選擇本來就有限。

接著芬恩解釋了部隊的現況，荷米斯聽到毒妖蛆的強襲等情形，也恍然大悟地說：「原來是這麼回事啊。」

雙方分享著帳棚分配與樓層出發預定日期等情報，討論順暢進行。

「喔，對了。恕我講得晚了……『遠征』辛苦了。看你們的樣子，應該有所成果吧？」

而當討論結束後。

荷米斯即刻露出花美男的笑容，對他們這樣說。

「託你的福，總算是無人犧牲。」

「那真是了不起！不愧是【洛基眷族】！」

聽了芬恩的回答，荷米斯先是一陣興奮反應——

「——那麼，你們在第59層發現到什麼了嗎？」

然後突然做出刺探。

他嘴角仍掛著笑，睜開原本彎成月牙、眼角修長的瞳眸。

面對意圖看透一切的天神雙眸，艾絲微微睜大了雙眼。蒂奧娜與蒂奧涅的表情也緊繃起來，勞爾更是一個人明顯動搖。

不顧艾絲等人的反應，芬恩、里維莉雅與格瑞斯仍舊泰然自若。

「我等是洛基的眷屬，沒有義務告訴來歷不明的神。」

里維莉雅閉起一隻眼睛，斬釘截鐵地拒絕。

氣氛霎時變得緊張，主神背後的隨從（亞絲菲）散發出苦命人的氛圍，一隻手摸著腹部。

「說的也是，抱歉。只是自從宙斯以來，你們是第一個想踏入那個領域的人，全都市都在注意你們的動向，所以我一時好奇。」

荷米斯態度逍遙自在，大言不慚，又接著說：

「其實呢，我已經跟洛基還有狄俄尼索斯組成同盟了。」

「！」

「可以說是被害者之間的聯盟啦，一起對抗色彩斑爛的怪獸，以及黑暗派系的殘黨。」

當對方若無其事地說出艾絲等人意想不到的情報時，芬恩冷靜地回答：

「很遺憾，在經過確認前，我無法相信你說的話，天神荷米斯。」

「當然，所以我接下來說的話，你們聽聽就算了。」

荷米斯先講了開場白，然後告訴他：

「【勇者】芬恩・迪姆那，也許你已經注意到了……地表除了『巴別塔』之外，果然還有其他地下城的出入口。這是我與洛基討論後，諸神（我們）得出的結論。」

這次，艾絲等人真的倒抽了一口氣。

里維莉雅與格瑞斯的視線也變得銳利。

「你們歸返地表後，我們打算正式調查歐拉麗內部，或是都市周邊……這是我們的想法。」

荷米斯與穩如泰山的小小派系團長四目交接，瞇細他橙黃色的眼睛。

一會兒後，他轉身背對芬恩等人。

「雖然不多，就當作住宿費吧。」

希望你好好收著。留下這句話，花美男天神就離開了。

亞絲菲行了一禮後也尾隨主神離去，寂靜造訪帳棚。

「團、團長……」

眼看荷米斯單方面提供情報後逕行離去，勞爾呻吟般發出聲音。

艾絲她們也各自露出不同表情，視線集中在小人族領袖身上，他舔了一下右手拇指。

「雖然早就料到了……看來回去之後，還是沒空休息呢。」

傷腦筋。

芬恩靜靜地嘆息。

「事情越鬧越大了呢……」

從嘴唇落下的低喃，在帳棚中聽起來格外響亮。

佇立牆邊的蒂奧涅這句話，使蕾菲亞等人面露緊張神色。

地點在【洛基眷族】女性陣容使用的一個帳棚。

與荷米斯他們會面結束後，蒂奧涅等人走出本營，帶著之前進攻第59層的隊員到這裡集合。

除了蕾菲亞之外，Lv．4的第二軍冒險者們與貓人安琪也在。

勞爾等男性陣容還在外頭做指示，艾絲與里維莉雅不在。

「唔嗯，很榮幸妳們找鄙人來……但鄙人在場不礙事嗎？鄙人跟妳們算是外人喔。」

「不要緊啦，妳在第59層跟我們一起看過那玩意了，事到如今還有什麼好隱瞞的。……再說，我也想問問妳的一些意見。」

在只有女性的帳棚裡，也有椿的身影。

看蒂奧涅聳聳肩，半矮人鐵匠笑著說：「那就打擾囉。」

蒂奧涅等人離開了宣布散會的首腦陣容，正在對一連串事件進行考察。

由於至今忙東忙西的，沒時間慢慢討論，再加上剛才聽了荷米斯的一番話，現在想來慢慢交換一下意見。

「可、可是，他說地下城除了摩天樓設施（巴別塔）之外，還有別的出入口……這、這真的有可能嗎？」

「嗯～，畢竟是那些天神說的嘛——」

「況且也說得通。這樣一來那個大型食人花，能神不知鬼不覺地運進怪物祭與地下水道，也就可以理解了。畢竟若是按照之前的說法，就只能懷疑到公會與【迦尼薩眷族】頭上嘛。」

蕾菲亞怯怯地說難以置信，蒂奧娜一屁股坐在地上回答，蒂奧涅也說出了自己的看法。

如果地下城除了摩天樓設施（巴別塔）地下的「大洞」之外還有別的出入口，將一口氣推翻至今的常識。

事情演變得太大，有點跟不上……蕾菲亞抱著頭呻吟。

「不過……最讓我在意的，還是艾絲吧——」

蒂奧娜緩緩開口說。

包括能使用「魔法」在內，「仙精分身」的一切都超乎常理。

就能力與異常性質而論，可以說比紅髮女子芮薇絲等「怪人」更誇張。

而這種存在，的確盯上了艾絲。

而且還叫她「艾莉亞」。

「我記得是艾絲第一個發現那個怪物是『仙精』。」

「而且神情也怪怪的，對吧？」

美女亞莉希雅與少女娜維各自發言。

被「仙精分身」稱呼為「艾莉亞」的艾絲，直到今天都不肯透露一點口風，只是目光低垂著說「對不起」。

「唉，雖然鄙人老早就覺得她是個怪丫頭了。」

「椿、椿小姐！」

「安琪在大家當中資歷最老吧？知不知道些什麼？」

「很遺憾，畢竟以前的艾絲比現在更沉默寡言……我有問過團長他們，但他們只說別有隱情。」

椿摸著下巴說，蕾菲亞正對她略有微詞時，蒂奧涅向安琪問道。

「不好意思囉。」黑貓女性彎著形狀優美的眉毛。

「『仙精』加上『艾莉亞』……還是會讓我想起《迷宮神聖譚》耶……」

這當中，蒂奧娜仰望布幕覆蓋的天頂。

對於親妹妹的這番話，蒂奧涅的嘴彎成了ㄟ字形。

「那妳是想說那個『仙精』就是艾絲嗎？妳所說的英雄譚是『古代』的故事吧？太離譜了啦。」
「我沒打算那樣說啊——……」
「可是，蒂奧娜小姐，『仙精』應該是不能生兒育女的……」
蕾菲亞也接在蒂奧涅之後說。
被兩人挑錯誤，喜歡童話的亞馬遜少女雙臂抱胸，陷入沉思。
「嗯～！真的不相關嗎……」
安琪她們也面面相覷。
大家開始對許多童話故事中都有登場的「仙精」做多方猜想。
試著尋找他們與人類或亞人之間的接觸點——與艾絲的關係性。
「先不論兒女什麼的……繼承了『仙精』血統之人，不是沒有喔？」
就在這時。
椿若無其事地對沉吟的蒂奧娜她們說。
蕾菲亞她們猛一抬頭，齊聲說「「「「「咦!?」」」」」。
看著【洛基眷族】成員的這種反應，【赫菲斯托絲眷族】的領袖鐵匠覺得有趣而笑了。
「正好，鄙人帶他來吧。」
「……幹嘛把我帶來這裡啊。」

穿著和服便裝的紅髮青年，被迫坐在帳棚中央。

他盤腿而坐，毫不隱藏一張臭臉，環顧拉開距離包圍自己的蕾菲亞她們。

「就如妳們所知，這小子是與貝爾・克朗尼組隊的鐵匠，也是我們派系的小弟。」

「喂！椿，解釋清楚！」

椿暫離帳棚帶過來的，是【洛基眷族】跟貝爾一同保護的這名鐵匠青年。

本人似乎是從少年他們身邊硬被帶過來的，即使對方是派系團長，照樣氣上心頭地吼叫。然而椿無視於他的怒氣——蕾菲亞她們有的冒汗，有的傻眼——繼續說道：

「這小子的名字，叫韋爾夫・克羅佐。」

「……克羅佐？」

「奇怪，好像在哪裡聽過……？」

蕾菲亞與蒂奧娜同時偏著頭時，「登」一聲。

安琪長在腰上的細細貓尾立了起來。

「克羅佐，該不會是……受詛咒的魔劍鍛造師？」

看到她的反應，椿有些洋洋得意地告訴她：

「正是，在那王國（拉幾亞）建立起不敗神話的『克羅佐的魔劍』……這個男人就是連綿數代打造這種武器的鍛造貴族之後裔。」

聽到這番話，帳棚裡所有人無不驚愕。

「克羅佐的魔劍」。迷宮都市不用說，這種傳說中的武器在全世界同樣名聲響亮。

本來「魔劍」雖不需詠唱，但只能施展出「魔法」的劣化攻擊。然而這種「魔劍」施展的炮擊卻能超越正式魔法，昔日拉綫亞王國展開的侵略戰爭——大量紀錄中如實描述了這一點。

傳說其威力甚至曾「燒盡大海」，無庸置疑是世界最強的「魔劍」。

此時蕾菲亞她們面前的人物，正是出自打造出如此強力「魔劍」的鍛造家系。

所有人的視線，集中在煩躁地定睛瞪著椿的青年——韋爾夫・克羅佐身上。

「這是真的嗎!?」

緊接著。

嚇得蕾菲亞她們肩膀一震的怒吼，大聲響遍了四下。

「克羅佐家族……焚毀同胞村落的元凶!!不知道有多少精靈氏族因此失去森林家園!!」

精靈亞莉希雅情緒激動。

蕾菲亞心頭一驚。聽說用於王國侵略戰爭的「克羅佐的魔劍」具有絕大無比的力量，戰場盡皆被夷為平地，或是化為寸草不生的焦土。而這些戰火也波及了不相關的精靈鄉，連同森林一起燒毀。

「克羅佐的魔劍」的濫用，使得數不盡的精靈失去了故鄉。

「亞、亞莉希雅小姐……」

比起受到出生村落與「學區」等教育的過程影響，說得好聽點是思考有彈性，難聽點就是無憂無慮的蕾菲亞，身為純粹至極的——同族意識強而高傲的——精靈，亞莉希雅的表情令人毛骨悚然。

種下禍根、受詛咒的魔劍鍛造師，讓妙齡精靈暴露出了敵意。平時善良溫厚，有如團員們姊姊般的年長者突然變了個樣，令年紀尚輕的蕾菲亞與娜維倒抽一口氣。

至於韋爾夫面對挺出上半身，勃然大怒地瞪著自己的精靈，只是皺起眉頭。

氣氛頓時變得一觸即發，蒂奧娜等人急著想阻止她。

「哎，且慢且慢，亞莉希雅，聽鄙人把話說完。」

然而，這時椿又滿不在乎地岔了進來。

半矮人伸出手掌，對著眨眨綠眼的精靈。

「這個男人啊，捨棄了克羅佐家族。」

「咦……？」

「雖然鄙人非常、完全、一點都不能理解，但韋爾小老弟對自己的血統——不，是對自己的才能深惡痛絕。其實這個男人能打出比鄙人更強力的『魔劍』，但卻怎麼樣就是不肯打，真是暴殄天物啊。」

據說衰亡的鍛造貴族（克羅佐）失去了打造「魔劍」的技術，但聽到比鐵匠大師之作更強力的武器，蒂奧涅等人都「噗」地噴出了滿口口水。

「他之所以離家出走，逃離王國（拉幾亞），似乎也是因為被人強迫打造『魔劍』。所以囉，亞莉希雅，說不定妳跟韋爾小老弟還滿合得來的喔？」

椿像孩子一樣，對啞口無言的亞莉希雅笑道。

至於那個青年，好像已經忍無可忍了，憤憤地開口道：

「喂！不要大嘴巴講別人的私事講不停啦！」

「怎麼，鄙人是替你解開誤會耶。」

「一開始也是妳搞出來的吧！」

喊叫聲再度四散。

眼前光景讓亞莉希雅露出相當尷尬的表情，不過韋爾夫好像毫不在意，不予理會。他那種徹底忽視的態度，反而讓人覺得想太多也沒用。

青年不拘小節的個性，完全體現了工匠性情。看到事情和平收場，蕾菲亞跟娜維她們都鬆了口氣，並對青年有了這種感想。

「可惡……好啦！有事快說，早點讓我回去。」

看椿永遠一副悠然自得的態度，韋爾夫已經變得自暴自棄，一點都不怕【洛基眷族】的團員們，催大家有話快講。

「那我就開門見山地問了……聽說你繼承了『仙精』的血統，這是真的嗎？」

「……喂。」

「有何要緊，又不會少塊肉。我方也有想知道的事，你就幫個忙吧。」

聽到蒂奧涅的問題，韋爾夫板著一張臉看向椿。

他那「妳到底講了我多少事啊」的責備視線，讓她道歉說：「抱歉抱歉。」

大嘆一口氣後，韋爾夫點頭肯定。蕾菲亞她們正大吃一驚時，韋爾夫叮嚀道：「我不喜歡被人追問，不要說出去。」

「可、可是！『仙精』之血怎麼會傳給人類……？」

「……麻煩的部分就省略了，首先在『古代』，我們家族（克羅佐）的始祖救了一個『仙精』逃離怪獸虎口。當時為了救活身受重傷的始祖，『仙精』就把自己的血分給了他。」

「『仙精』的奇蹟……」

韋爾夫滿不在乎地回答驚慌的蕾菲亞，蒂奧娜聞言，茫然地低喃。

得到「仙精」的血液，瀕死的男人撿回一命。豈止如此，一個凡庸的人類還因此變得能使用傳自仙精的「魔法」，甚至延年益壽了。他的身上蘊藏了足以稱做「奇蹟」的「仙精」恩惠。

「那麼，難道『克羅佐』能量產那麼荒唐的『魔劍』也是因為……」

「應該猜到八成了吧？」

青年說「就是自始祖以來連綿至今的血脈的副產物」，對詢問自己的亞莉希雅聳聳肩。

蕾菲亞她們彷彿聽見了疑問消弭的聲音，傳說曾燒毀大海的「克羅佐的魔劍」的起源，原來是出自力量強大的「古代仙精」。

那麼鍛造貴族（克羅佐）怎麼會變得打不出「魔劍」了？她們如此追問，但被韋爾夫嫌煩地說：「有必要連這都講嗎？」

的確是問得太深入了，蒂奧娜、蒂奧涅與亞莉希雅她們都染紅了臉頰，輕咳一聲。

──確實有人繼承了「仙精」之血。

──那麼，說不定艾絲也是？

有韋爾夫在場，蕾菲亞她們沒說出口，但以視線分享了這種想法。

艾絲強大的「風」……如果那也是「仙精」之血帶來的副產物，就說得通了。之所以能第一個察覺「仙精分身」的真實身分，只要想成血液的騷動就很合理。

如果這樣假設的話，還有一個問題，就是艾絲是出於什麼原委繼承了「仙精」之血。

蒂奧娜她們露出嚴肅表情，陷入沉思。

「安琪，艾絲的雙親……」

「不，我沒聽說，我一直以為她舉目無親……」

「蒂奧娜小姐，您在英雄譚裡讀過『仙精』這方面的記述嗎？」

「嗯～，沒看過耶。我小時候讀過的《迷宮神聖譚》還有放在總部的都是抄本，傳抄好幾次之後，內容可能跟原著有點出入了……」

「也有可能被某人蓄意編纂過……」

「嗯……，懷疑下去好像沒完沒了。」

蒂奧涅與安琪，蕾菲亞與蒂奧娜，亞莉希雅與娜維壓低聲音說。

看到【洛基眷族】把自己拋在一邊講悄悄話，「我可以回去了嗎？」青年正覺得厭煩時，本來看著蒂奧娜她們的椿向他問道：

「韋爾小老弟，關於『仙精』你還知不知道些什麼？我們想要關於英雄譚裡登場的仙精『艾莉亞』的情報。」

「鬼才知道！跟『仙精』有直接往來的只有始祖，也沒留下什麼傳說。」

「真是！」椿著急地晃動纏著白布的胸部，開始拍打鐵匠青年。

體內的仙精之血似乎讓韋爾夫對這件事連帶產生排斥感，告訴椿他毫無頭緒。

「緊要關頭什麼忙都幫不上！所以你打的作品才會被人說『武器本身是很好，就是有點……』或是『非常教人遺憾』!!好啦，快想起點什麼來！」

「妳真的給我差不多一點!!還有這件事跟作品無關吧!?」

韋爾夫這次真的漲紅了臉，氣急敗壞。

椿不但提出強人所難的要求，還猛挖身為工匠的傷口，讓韋爾夫叫著「不跟妳鬼混了！」甩開她霍地站起來。

他一副一秒都不想多待的態度，大聲說出下面這句話：

「講英雄譚，有人比我更懂!!去問那傢伙啦！」

「……………請、請問一下，我為什麼會被帶到這裡？」

新一位被迫坐在帳棚中央的，是白髮少年。

蕾菲亞發出危險的敵意，他維持跪坐姿勢猛冒汗。

「哼哼哼，貝爾・克朗尼，你被韋爾小老弟賣了，死心吧。」

「賣、賣了……!?」

看到椿像惡代官一樣開惡劣玩笑、笑得邪惡，少年嚇壞了。

韋爾夫氣憤地離開帳棚後，接在他之後被召喚來的就是貝爾。青年一心只想離椿遠一點，一不小心拿少年當了替身，也許現在正在後悔也說不定。

【洛基眷族】的緊急傳喚、只有美女美少女的女性陣容帳棚，還有唯一一人的殺氣。少年面對這些臉色紅一塊，白一塊，有如孤立無援的白兔，緊張得全身僵硬。

「我們不會吃了你的，不用這麼緊繃啦。這也算是一宿一飯之恩，只要你回答我們的問題，馬上就放你走。」

蒂奧涅用不拘束的態度，對忙著一下害怕，一下害羞，一下絕望的少年說道。

看到她對自己笑，試著讓自己放輕鬆，貝爾也勉強放鬆了肩膀力道。

「嘿嘿～，是阿爾戈小英雄耶——」

至於蒂奧娜從貝爾來了以後就一直很高興，盤腿坐著不停搖晃身子。

她就像得到了玩伴的孩子，兩眼閃閃發光。

「欸欸！阿爾戈小英雄，聽說你很熟英雄譚，真的嗎？」

「呃──，熟不熟我不知道……不過小時候是常看。」
聽到這句回答，蒂奧娜興奮雀躍地考考他。
「那，騎士加拉德要救的人叫什麼名字？」
「阿爾緹絲公主殿下……」
「那那，屠龍喬治打倒的怪物住在哪裡？」
「瑟蓮娜湖畔……」
「那那那，那時他用來打倒惡龍的武器是？」
「有如槍矛的聖劍……還有少女的緞帶。」
「你好厲害!!」
看到貝爾全部答對，蒂奧娜發出歡呼。
她紅著雙頰，興奮又有點期待地再度開口問道：
「那麼，阿爾戈小英雄，你有聽過一個故事叫《理想鄉譚（Arcadia）》──」
「啊──有完沒完啊！回到正題啦！」
看話題扯遠了，蒂奧涅叫道。
被姊姊打斷，蒂奧娜嘟著嘴。看到聽說從小就喜歡童話的她這種表現，安琪與亞莉希雅都苦笑了。
「進入正題，你知道一個叫『艾莉亞』的仙精嗎？」

「仙精『艾莉亞』嗎？就是一生與英雄阿爾伯特相依相守的，《迷宮神聖譚》的大仙精？」

「對對，就是那個，那個！」

貝爾流暢地回答蒂奧涅的問題，蒂奧娜開心地肯定。

如果是世界知名的童話故事，大家也會知道原著英雄譚的概要——所以那個大英雄（阿爾伯特）的名字還算在知識當中——，但看到貝爾對童話造詣這麼深，椿與娜維她們都不禁佩服。只有蕾菲亞出於敵視心結不肯坦率讚賞，只心想：「真虧他還答得上來。」

大體上，各種族之間傳承的故事或英雄譚的內容常有出入。因為每個種族都會傾向讚揚、崇敬同族的英雄。矮人英雄譚中登場的豪傑，在精靈聖經中其實只是個乖僻的膽小鬼，或是打倒怪物的並非亞馬遜戰士而是獸人盜賊；這種記述上的差異例子屢見不鮮。

世界上對英雄譚的知識有所偏頗，少有精通此道之人，也是出於這樣一種背景。人們不願閱讀、承認諸神認可的「官方」原本（origin），只相信種族的驕傲與尊嚴。

《迷宮神聖譚》正是諸神認可的一篇英雄譚。

由於它因為篇幅浩大而分成好幾本，又有幾集在時代中失傳，因此很少有人能讀完全集。

「你有聽說過這個『艾莉亞』切開自己的身體，將『血』分給某人……之類的故事嗎？」

「嗯，嗯嗯～？」

蒂奧娜緊張地一問，貝爾第一次發出為難的聲調。

他一手放在頭上，露出皺起眉頭的表情。

「我沒讀過這種逸聞耶……」

「那保護『艾莉亞』而身受重傷的人類呢？還有他們的子孫之類的。」

「我、我想應該是有的，可是《迷宮神聖譚》裡沒特別寫到……」

被蒂奧涅連珠炮似地問，貝爾也慌張地說。

對於自己記憶中沒有的內容以及難以理解的問題，他似乎很困惑。

看來還是得不到線索……就在蕾菲亞她們有點小失望時。

「啊，不過……」

少年好像想起了什麼般，抬起頭來。

「雖然不能算是子孫……不過我有聽過英雄阿爾伯特有過孩子……」

「咦——!?怎麼回事，我沒聽說過——!!」

貝爾說出口的內容，讓蒂奧娜驚訝地大叫。

自己所不知道的逸聞，讓她露出大吃一驚的表情。

「阿爾戈小英雄看過的版本，該不會是原著吧？就是一千年前寫成的，最早的原本（origin）？」

「呃，不是那樣的，那個…………好、好像是祖父畫給我看的。」

蒂奧娜一聽，眨了好幾下眼睛。

蒂奧涅她們也都傻眼地說「什麼啊」。

「……你爺爺是繪本作家？」

「啊，啊哈哈哈……不知道耶？」

被蒂奧娜目不轉睛地注視著，貝爾臉部抽搐，裝出笑聲。

八成是做祖父的為了逗小孩開心，全憑個人喜好加油添醋的吧。蒂奧涅她們覺得不足採信，一下就放棄了。

「那個孩子後來怎麼了？阿爾伯特的故事，最後……」

「是的，孩子被捲進那場最後之戰……好像失蹤了。」

這當中只有蒂奧娜認真地聽到最後。

她與跪坐的少年面對面，仍然盤著腿，兩人席地而坐繼續交談。

「對了，阿爾伯特的同伴（隊員）當中，有哪些女生啊？」

「我想想，有亞馬遜女帝伊薇爾妲，還有……精靈王族的公主塞爾蒂雅。」

蒂奧娜說「你不是說他有孩子嗎？」做確認，貝爾回答。

一提到那位王族的名字——精靈們的反應有如神速。

「——您在說什麼啊!?塞爾蒂雅大人可是精靈的傳奇，純潔無瑕，是永遠的聖女!!她受到使命驅使而離開精靈鄉，拯救了世界的危機，是我等的驕傲!!不可能跟別的種族之間生兒育女!!」

「高貴之人全都是塞爾蒂雅大人的妹妹莉雪娜大人的後裔！就連里維莉雅大人都是喔!?」

接在亞莉希雅之後，蕾菲亞氣勢洶洶地說個不停。

蒂奧娜她們嚇了一跳，氣得臉紅脖子粗的兩人逼向貝爾，把他嚇得肩膀重重一跳。

「已經有一些愚蠢之徒在鼓吹些荒唐無稽之言，說什麼我們的祖先是塞爾蒂雅大人的遺孤，並自稱為王族了……！你是想擁護那些人嗎!?」

「簡直是不敬之罪，罪無可赦!!」

「對對對對對對不起咿咿咿咿咿咿咿咿咿咿咿咿!?」

「別這樣，亞莉希雅、蕾菲亞！妳們冷靜點——!?」

講到每個精靈鄉必備的聖經，進一步提到崇敬的王族問題，這次連蕾菲亞都動怒了。妍麗精靈怒不可遏的臉孔把貝爾嚇得哭叫，蒂奧娜她們趕緊上前勸阻。

呀——呀——哇——哇——，設置於露營地的一個帳棚吵鬧起來，讓周圍人群不解地偏頭。

「雖然很有參考價值……不過還是無法逼近關於艾絲的核心祕密呢。」

後來。

放貝爾回去後，蒂奧涅她們在帳棚中再度圍成一圈，沉吟著冥思苦索。

被「怪人」與「仙精分身」盯上的艾絲，究竟有什麼祕密？蒂奧娜她們呻吟著，蕾菲亞除了不解，對於憧憬的少女什麼都不肯告訴自己，也不禁悲從中來。

「——妳們別太苦苦追問了。」

忽然間。

有人一手掀開布幕，進入蕾菲亞她們的帳棚裡來。

「里、里維莉雅大人⁉」

「妳、妳怎麼會來這裡？」

「妳們那麼吵，誰都會注意到的。」

蕾菲亞與蒂奧涅跟其他人一起慌張著，里維莉雅晃著翡翠色長髮嘆息。就是因為她們太吵了，里維莉雅才會從芬恩他們的本營跑這一趟。

她閉起一隻眼睛環顧每個人，亞莉希雅她們都顯得很惶恐。

只有椿聳聳肩說「這點程度還好吧」，還是一樣若無其事。

「……欸，里維莉雅。艾絲的祕密，真的不能告訴我們嗎？我們……不是一家人（眷族）嗎？」

蒂奧娜站著傾吐內心，垂著雙眉向她問道。

里維莉雅表情顯出些許沉痛之色，但還是看著她的眼睛勸說道：

「的確，我們是有著深厚情誼的【眷族】。但是，妳們應該也有一兩個身世祕密，直至今日都沒向大家坦白吧。」

「！」

「被人勉強追問，妳們就能說出心中懷藏的祕密嗎？」

蕾菲亞與安琪她們瞠目而視，晃著身體的蒂奧娜與蒂奧涅都別開目光，不敢看里維莉雅。

「……不過，我也能明白妳們的心情。」

這時，里維莉雅閉起雙眼。

「咦……」

「事已至此仍然什麼都無法坦白，是因為艾絲脆弱。這也是我們的責任，因為怕她受傷而一直容許她。妳們在那第59層看到了整件事，卻對妳們隱瞞一切……或許算是不誠實吧。」

里維莉雅睜開眼睛，重新環顧蒂奧娜她們的臉。

「本人不在場，我無法說出一切，不過……」

她先聲明清楚，然後告白了：

「的確，艾絲身上流有『仙精』之血。」

「妳還是無法告訴蒂奧娜她們嗎？」

里維莉雅離開本營後。

寬敞帳幕裡點亮了有如蠟燭的魔石燈光，入口布幕緊緊拉起，芬恩面對面提出的問題，讓艾絲視線落在地上。

「……我怕說了，會讓我變弱。」

少女的嘴唇緩緩低喃：

「我怕跟蒂奧娜她們說出一切，依賴她們之後……我會再度，產生改變……怕自己再也不能變得更強。」

芬恩低喃著說：「那絕不是真正的強悍。」但現在的艾絲聽不進去。

對於受宿願束縛的少女，芬恩身旁的格瑞斯出聲道：

「艾絲，應該還有吧。這裡只有老子我們，說吧。」

聽到矮人要自己別積在心裡，艾絲低下頭去。

她花了一點時間，才一點一點地輕聲說出來：

「不知道蒂奧娜她們……知道了我的事，會怎麼看我……我怕。」

從小看她長大的芬恩他們很容易就能明白，這才是最主要的理由。

里維莉雅與他們都知道，不是超然獨立的【劍姬】，眼前一直迷失方向的少女才是真正的艾絲・華倫斯坦。

本營陷入沉默。

「……老子覺得這是杞人憂天了。」

一會兒後。

格瑞斯像慈祥老人般，邊捋著鬍鬚邊小聲說道，身旁的芬恩苦笑了。

「自從那個紅髮女子出現以來，艾絲心情也一直很亂。本來包括血統在內，她應該很想跟妳們坦承一切的。」

聽到里維莉雅承認艾絲流有「仙精」之血，蕾菲亞她們倒抽一口氣。

里維莉雅一瞬間眼光飄遠，然後繼續說：

「艾絲並不希望在這種發展下，說出自己的過去。」

「……」

「有朝一日那孩子會說的……請妳們給她時間，等一等吧。」

最後。

精靈公主有如母親一般，懇求在場的所有人。

「然後，等知道了一切……希望妳們能用一樣的態度與她相處。」

寂靜只造訪了短短一瞬間。

聽到里維莉雅的心願——蒂奧娜「嘿！」一聲走上前，破顏而笑。

「那當然囉，里維莉雅！我們是一家（眷族）人嘛！」

她天真爛漫地笑著，毫不遲疑地說。

「艾絲就是艾絲啊！」

以這句話為開端，其他人也都開口道：

「哎，怎麼現在還講這個嘛。」

「我、我今後也永遠絕對不可能躲著艾絲小姐的!!」

蒂奧涅與蕾菲亞接連著說，尤其蕾菲亞更是不願輸給蒂奧娜，漲紅了臉跟她比。苦笑的安琪她們也互相點頭，對蒂奧娜她們所言表示贊同。

椿愉快地望著少女們的這副模樣時。

里維莉雅慢慢瞇細眼睛，微笑了。

「謝謝妳們。」

第三章

1/3純粹的激情

Гэта казка іншага сям'і.

1/3 чыстай страсці

「咦咦咦!?您要在城鎮(里維拉)跟那個男的約、約會——不對!是帶他觀光!?」

第18層的「早晨」。

昨晚與赫斯緹雅等搜索隊會合後，露營地內的人口密度更加升高；蕾菲亞聽了艾絲說出今天的預定行程，發出怪叫。

現在是用過早餐後的時段。

聽艾絲說，貝爾等人預計配合【洛基眷族】從第18層出發，想說難得有這機會，似乎打算將今天一整天用來觀光，而艾絲將充當嚮導與他們同行。不只如此，閒得發慌的蒂奧娜與蒂奧涅也會跟去。

面對眼前的艾絲等人，蕾菲亞大受打擊。

「難得有機會，蕾菲亞要不要也一起去?大家一起比較好玩嘛!」

「呃，這個!我得照料各位病患，暫時不方便離開……!!」

不同於艾絲與蒂奧娜她們派系幹部，蕾菲亞還是中階團員，雜用之類的必須由他們中階與低階團員率先完成。

雖說趁著昨天已經籌措到足夠糧食，很多人有了一點空閒時間，但還是不能擅自拋下分配到的職務。

蕾菲亞從今天早上起必須輪三小時的班照料傷患，好不容易才對面帶笑容的蒂奧娜擠出回絕的話。

「好了啦，不可以勉強人家，妳看蕾菲亞多傷腦筋啊。」

「不、不會！我並沒有覺得困擾……！」

好想去。

應該說好想跟去。

好想跟去阻止……更正，是監視似乎不要臉地跟艾絲約好在鎮上觀光的無禮之徒，讓他不能得逞。還有，好想跟艾絲她們一起玩耍。

對著叮嚀蒂奧娜的蒂奧涅，蕾菲亞嘴巴一張一合。

「呃……對不起喔，蕾菲亞？」

然後，最後是艾絲歉疚地道歉。

金髮金眼的少女，大概是對於把工作都交給了蕾菲亞他們感到內疚吧。蕾菲亞是覺得沒關係，應該說如果幹部們連工作都要幫忙，她反而會感到歉疚。幹部們在「深層」持續戰鬥操勞，其他團員根本不能相比，蕾菲亞很希望她們能去散散心，好好休息一下。

所以她沒有怨言，雖然沒有怨言……

看到艾絲她們背後，面帶笑容的女神一行人與少年集合在一起，蕾菲亞心中還是忍不住「咕唔唔唔」地呻吟。

「等、等工作結束了！我一定會趕過去的!!」

「……？嗯。」

吊起形狀優美的眉毛，蕾菲亞緊緊握住艾絲的手。

心中懷藏使命感的晚輩精靈讓艾絲偏偏頭，露出一頭霧水的表情。最後她說「不要勉強自己喔」就去與貝爾他們會合了。

「我們去去就回——」蒂奧娜揮著手，蕾菲亞與其他團員目送艾絲等人前往「里維拉鎮」。

「菈克塔，要不要喝水!?要不要我叫治療師來!?還是幫妳擦擦身體!?」

「都、都不用……拜託，安靜一點，蕾菲亞……」

蕾菲亞馬上開始照料受「毒」所苦的團員們，一副令人毛骨悚然的表情賣力做自己的工作。然而躺在帳棚裡的兔人（humebunny）少女面如槁木，懇求不必要地吵鬧的精靈同仁行行好。

這是蕾菲亞「早點把工作做完，去找艾絲小姐她們……！」的幹勁與心急的表現，然而不但毫無效果，而且適得其反。蕾菲亞白費力氣的熱忱把病懨懨的團員們弄得更難過。

蕾菲亞的失控，一直持續到被里維莉雅斥責「怎麼可以反而讓病患難過！」為止。

「嗚嗚，最近老是被凶……」

蕾菲亞潸然淚下，用汲來的小河河水洗擦手巾。

她用跟男性團員借來的頭盔裝滿清水，把擦手巾都泡涼了，擰乾水分，放在仰躺的同伴額上。

蕾菲亞認真反省自己的失敗……但仍然心想「這全都是那個少年（人類）害的！」，不禁吊起噙淚的眼角。

（我、我知道是不該怪他，可是……！）

但她就是很在意。

在意那個艾絲想照顧的白髮少年。

再怎麼遲鈍的人也明白，艾絲對貝爾很感興趣。

原因單純只是親近感，或是令人驚嘆的「急速成長」，蕾菲亞不明白。只有一點可以確定，就是那個一味追求力量的【劍姬】，好像追著兔子跑的少女般對他抱有興趣，而逐漸產生改變。

對於一直仰慕艾絲的蕾菲亞來說，實在讓她不開心。

嚴重到少年一出現在附近，她就忍不住去注意，表現出競爭意識。

就像擅自把他當宿敵（勁敵），勤奮特訓的那段時期。

（我並不是想拿這種事競爭，可是……！不，說起來既然是其他派系的人，本來就該客氣點或是做事懂得謙虛點……！）

結果蕾菲亞自己也知道思考在原地打轉，對少年越來越不滿，嘟著嘴動手做事。

總之現在得先工作，為了趕去找這時跟貝爾還有女神等人不知道在做什麼的艾絲她們身邊，得完成自己分配到的職責才行。

照料傷患，替出了一身汗的女性團員擦拭裸體，有時為了汲水而往返小河與露營地之間，蕾菲亞勤奮地幹活。

「蕾菲亞，換班了，剩下的我們來就好。」

「啊，好的！」

集中精神的時候時間過得特別快，精靈亞莉希雅來叫人，蕾菲亞與其他團員都做了交接。

換亞莉希雅等人進來，蕾菲亞出了帳棚，想到這下可以放心去找艾絲她們，心情雀躍。

她立刻走向城鎮(里維拉)所在位置的樓層西部湖畔——

「蕾菲亞，有訪客。」

「咦？」

但就在她穿過露營地前進時，被人叫住了。

是跟勞爾他們一起進攻第59層，共同行動的犬人(chienthrope)考斯・巴塞爾。平時沉默寡言的他，對著蕾菲亞指向露營地南方。

「是個精靈女人，好像是來找妳的。」

考斯說因為對方是其他派系的人，所以在露營地前攔下了她。蕾菲亞愣了愣，道過謝後先往那邊走去。

同族(精靈)訪客……究竟會是誰？

蕾菲亞偏著頭小跑步，只見就跟考斯說的一樣，佇立於營地外的，是位身穿純白戰鬥衣的黑髮精靈。

蕾菲亞與那雙赤緋眼眸四目交接，睜大了蔚藍雙眸。

「菲兒葳絲小姐！」

她笑逐顏開地跑向同族少女身邊。

菲兒葳絲・夏利亞。

她是隸屬於【狄俄尼索斯眷族】的第二級冒險者，同時也是派系團長。蕾菲亞與她從第24層的糧食庫事件就認識了，之後也有持續往來。

「妳真的平安無事啊……好久不見了。」

跟蕾菲亞一樣，菲兒葳絲的櫻桃小口也綻放了微笑，蕾菲亞四肢健全的模樣似乎讓她放了心。

蕾菲亞停下腳步，與比自己個頭高一點的她面對面。

「您怎麼會來這裡？」

「城鎮(里維拉)居民回來地表採購，在講你們的傳聞，說【洛基眷族】『遠征』回來了。」

菲兒葳絲說「聽說你們現在在森林裡紮營」，解釋了自己來到這第18層的理由。看來【洛基眷族】歸返的消息在歐拉麗已漸漸傳開了。

「我掛念妳，就向狄俄尼索斯神請了假。」

說完，菲兒葳絲目不轉睛地注視著蕾菲亞的臉。

「稍微……瘦了點呢。」

「咦咦!?我、我原本有那麼胖嗎!?」

「我不是這個意思。」

我遠征前有好一陣子都沒吃甜食耶！蕾菲亞大受打擊，菲兒葳絲對她投以苦笑。

由於物資有限，飲食限制不用說，長期滯留在地下迷宮(地下城)這種嚴苛環境，身心都會名符其實地磨損。此時的蕾菲亞削除了不必要的一切，若要形容就像磨利的冒險者之劍，或是精靈森林深處直立的聖木之杖。

「妳比以前更英氣凜然……不，不對，是判若兩人了。」

菲兒葳絲暗示蕾菲亞經過「遠征」有了大幅成長，對驚訝的她瞇起眼睛。

「蕾菲亞……妳能活著回來，真是太好了，很高興能再見到妳。」

她溫柔的眼神，令蕾菲亞不禁染紅了雙頰。

而菲兒葳絲──脫口而出的話令她自己心頭一驚，扭開了頭。

她裝模作樣地咳了幾聲，到這時候才敷衍著說：「總之看妳平安無恙，我就放心了。」但那雪白過頭的肌膚，卻明顯襯托出臉頰的紅暈。

蕾菲亞笑容滿面。

菲兒葳絲的心意讓蕾菲亞好高興，還能像這樣再度交談，讓她心中一陣暖意。

兩名精靈少女相視而笑，為了相隔半月的重逢而喜悅。

「呃──，我們待在地下城的這段期間，地表有發生什麼事嗎？比方說黑暗派系的殘黨之類……」

「不……沒有明顯的舉動。比起他們，荷米斯派插手更是個問題，我想你們很快也會知道……」

菲兒葳絲欲言又止，毫不隱藏愁眉苦臉的表情。

蕾菲亞有些意外地看著她時，同族少女回問道：

「……『遠征』怎麼樣？」

「沒有人犧牲，雖然果然很艱難……不過，也因此知道了一些事。」

蕾菲亞說果敢進行遠征是有價值的，而且也獲得了豐碩戰果，她端正姿勢，與菲兒葳絲四目交接，百感交集地告訴她：

「──謝謝您，菲兒葳絲小姐。您給我的『魔法』保護了艾絲小姐，以及大家。」

在第59層展開的最終決戰。

在那當中，蕾菲亞的召喚魔法（Summon Burst）──菲兒葳絲托付給她的障壁魔法【至神・救世聖杯】阻擋了「汙穢仙精」的炮擊。

純白的聖潔光輝，解救了蕾菲亞他們小隊窮途末路的危機。

多虧有您（菲兒葳絲）的「魔法」，艾絲他們才能得救，自己此時也才能站在這裡。蕾菲亞溼著眼睛傳達感謝之意。

對於這樣的蕾菲亞，菲兒葳絲停住了動作，眼睛睜得大大的。

「……這樣，啊。我的『魔法』救了你們嗎……」

一會兒後，她往下看看自己的右手。

那雙赤緋眼眸搖曳著，像是受到萬般感情所翻弄。

蕾菲亞心頭一驚，菲兒葳絲那副模樣，感覺像是對於沒能拯救自己的同伴──在「第27層的噩夢」失去的【眷族】前輩——所表示出的悲嘆與自責。

即使擁有「魔法」，同伴的生命仍然從她的指縫間流失。

而那種「魔法」，這次成功保護了蕾菲亞珍愛的人們。

如果蕾菲亞的推測正確，此時菲兒葳絲會是何種心境？

蕾菲亞實在無法揣測她的內心。

眼看菲兒葳絲閉口不語，蕾菲亞無法出聲叫她，只能在一旁看著。

「——蕾菲亞。」

就在這時。

有人從蕾菲亞背後叫了她。

「里、里維莉雅大人？您怎麼會來這裡？」

「我剛才聽考斯他們說，有個精靈來找妳。」

搖晃著翡翠長髮現身的，是里維莉雅。

從露營地遠處前來的她，站在呆住的蕾菲亞與菲兒葳絲面前。

「我就在想該不會是……這女孩就是妳說授予妳『魔法』的同胞嗎？」

「是、是的！就是她。【狄俄尼索斯眷族】的菲兒葳絲・夏利亞小姐。」

蕾菲亞向里維莉雅報告過給予自己「障壁魔法」的菲兒葳絲的事。

聽她表示肯定，「是嗎。」里維莉雅點點頭，側眼看向黑髮精靈。

相較之下，菲兒葳絲對一族的公主登場大為震驚。

「多虧了妳，我們才能度過重大的局面。菲兒葳絲•夏利亞，精靈的同胞啊，容我也向妳道謝。」

謝謝妳。

里維莉雅勝過所有精靈的美貌浮現微笑，靜靜地表達感謝。

呆站原地的菲兒葳絲，全身僵硬。

「里維莉雅，大人……」

聲音沙啞地低喃的精靈少女——既不是感動地發抖，也沒有自卑地說「不敢」。

而是馬上後退，與里維莉雅拉開距離。

「很榮幸，能見到您……」

說完，才剛看她目光低垂——

「……失禮了。」

接著，她轉身就走。

「菲、菲兒葳絲小姐？」

蕾菲亞急著叫她，但菲兒葳絲沒反應，轉身背對兩人就離開了。

看著同胞少女從自己面前走遠，里維莉雅也露出詫異的神情。

菲兒葳絲的樣子明顯地不對勁，讓蕾菲亞慌張失措，情急之下與里維莉雅四目相交。

「不用在意我，去找她吧。」

「好、好的！」

對不起！蕾菲亞叫完就跑了出去。

她追在菲兒葳絲之後。

沉默的背影快步離開露營地，想走出森林。令人聯想到巫女的黑亮長髮彷彿一刻都待不住，急著想走遠。

「請等一下，菲兒葳絲小姐！您是怎麼了？」

在樹木間奔跑的蕾菲亞，很快就追上了菲兒葳絲。

蕾菲亞從背後呼喚不肯止步的她，隔了片刻，得到語氣僵硬的回應：

「……里維莉雅大人，是王族。」

「那又怎麼了呢？不用在意啊。」

里維莉雅・利歐斯・阿爾弗的名聲與出身伴隨著「都市最強魔導士」的稱號，不只是歐拉麗，甚至揚名全世界。沒有一個精靈不知道她，具有高度同族意識的精靈男女都視她為敬畏尊崇的對象。

菲兒葳絲明明也跟其他同胞一樣敬重里維莉雅，讓蕾菲亞一臉不解。

「里維莉雅大人平易近人，從不對我們這些平民擺架子的。她反而不喜歡大家太敬畏她——」

蕾菲亞說不用因為惶恐就太過客氣，想說服菲兒葳絲時。

「我很骯髒。」

「!!」

菲兒葳絲口吐詛咒。

「我這種存在不能待在她的身邊，現在的我怎能跟那位大人說話？活著丟人現眼的我……不行，我受不了，會玷汙那位大人的。」

她打斷蕾菲亞的聲音，排斥自己的存在。

視線前方那美麗的側臉，因苦澀而歪扭。

「只有那位大人，絕不能玷汙了。」

彷彿被滿是罪過汙泥的精靈之心所推動。

菲兒葳絲不屑地說，怎麼也不肯佇足，頑固地繼續往前走。

蕾菲亞瞠目結舌。

美醜的少女，對同伴見死不救，一個人存活下來的菲兒葳絲仍然受罪惡意識所折磨。正因為她是高傲的同族（精靈），也許一生都無法拂拭這種罪惡感。

菲兒葳絲最怕的就是玷汙王族（里維莉雅）。

看著那受嫌棄之念所束縛的背影，不停追趕她的蕾菲亞——橫眉瞪眼。

她像過去那次一樣吊起眼角，像那次一樣伸出手臂，像那次一樣抓住少女的手腕。

「菲兒葳絲小姐！」

「！」

菲兒葳絲停下了腳步。

她驚訝地回過頭來，蕾菲亞的叫喊給了她……不對，是給了折磨她的罪惡意識一巴掌。

「真正骯髒的人，才不會教我『魔法』！」

「！……」

「多虧了菲兒葳絲小姐，我跟里維莉雅大人才能獲救！」

看蕾菲亞急著解釋，菲兒葳絲先是愣了一下，然後似乎畏縮起來。

她想揮開抓住自己手腕的右手，但蕾菲亞絕不放手。

驚慌失措的她，纖細手臂一點力氣都沒用上。

「蕾菲亞！妳別誤會了！那是……！」

「我沒有誤會！才不是什麼誤會！」

「妳每次這種過度的自信究竟是從哪來的!!根本沒根據吧！」

「有根據！主神（洛基）說過，菲兒葳絲小姐這樣叫做『傲嬌』!!」

「妳在說什麼啊!?」

蕾菲亞搬出最不可信的諸神戲言，只差沒說「我可是知道的！」，讓菲兒葳絲破口大罵。

這算哪門子的根據！她漲紅了臉憤慨不已。

「再、再說……待、待在我身邊可以，里維莉雅大人就不行嗎？那麼對菲兒葳絲小姐來說，我根本無關緊要囉！」

「我、我又沒有這樣說！」

菲兒葳絲覺得再吵也沒用，想把臉別開，但聽到這句話，又像被電到般轉過頭來。

她與有些害羞、畏縮的蕾菲亞四目交接。

菲兒葳絲與蔚藍眼眸視線交纏，紅著臉，難為情地低下頭去。

「我、我要回去了！」

「不要！」

「不要鬧了！」

「我拒絕！」

「放手!?」

「我不放!!」

哈啊，哈啊。兩陣凌亂的呼吸在樹木間不停響起。

圍繞四周的靜謐森林凝望著兩名少女。

過了一會，菲兒葳絲好像堅持不下去般搖搖頭，啟唇道：

「妳在【眷族】當中，態度也這麼強硬嗎……？」

被菲兒葳絲這麼一問，蕾菲亞愣了愣。

接著這次換蕾菲亞難為情了，視線游移。

「呃，這個嘛……我不敢這樣對艾絲小姐他們，或者該說……只、只有對菲兒葳絲小姐才這樣？」

「為什麼就只有我啊!!」

菲兒葳絲終於忍不住仰望正上方，大叫出聲。

蕾菲亞尷尬起來，悄悄別開視線，但手仍然握著。

「可惡！」菲兒葳絲不禁呻吟了一句……細小的聲音落在腳邊。

「自從見到妳以來……我就越變越奇怪。」

菲兒葳絲滿臉通紅，像迷路的小孩般低喃。

蕾菲亞停下動作，然後雙頰泛紅，破顏而笑。

美醜的少女原諒自己的日子，也許永遠不會到來。

一無所知的自己的手，也許無法除去她的罪惡意識。

但她的確漸漸有所改變，讓蕾菲亞高興、驕傲得不得了。

「……妳在笑什麼啊。」

「嘿嘿！」

蕾菲亞被菲兒葳絲責備地瞪了一眼，但就是無法收起笑容。

見蕾菲亞的笑容中流露喜色，菲兒葳絲閉起眼睛把頭扭到一邊，長耳朵染成了淡紅色。

樹間的溫和陽光，灑落在手牽手的少女之間。

後來。

蕾菲亞跟菲兒葳絲玩得太過熱中。

她忘了去城鎮（里維拉），等注意到時，艾絲她們已經回到露營地了。

「啊啊——————!?」

◆

「欸欸，大家一起去沖涼水澡吧！」

蒂奧娜的這句話起了頭。

「還要啊？妳要去幾次才滿意啦？」

「又不會怎樣——，反正很閒啊——。這裡的清水洗起來又那麼舒服——」

露營地迎接了「白晝」。

艾絲她們與貝爾一行人去城鎮（里維拉）觀光才剛回來。

女性陣容集合一處時，蒂奧娜面帶笑容地開口。

如同她總是宣稱自己喜歡第18層，這個亞馬遜少女很愛在「迷宮樂園」洗涼水澡。不只是探索迷宮時，連在總部有時也會心血來潮似的站起來，說「我去洗個涼水澡——」，就像利用公共浴場一樣輕鬆前往「中層」。第三級以下的冒險者要是聽到肯定嚴重頭痛。

「再說妳看到女神赫斯緹雅的胸部，不會發瘋嗎？」

「才、才不會呢！我、我哪會那樣啦！」

狐疑的蒂奧涅與動搖的蒂奧娜正在爭執時，對於這項不只針對【洛基眷族】，也在邀請自己的提議，赫斯緹雅她們面面相覷。

「您覺得呢，赫斯緹雅女神？」

「嗯……是有股衝動想洗洗身體呢。命，妳們呢？要不要跟她們一起去洗涼水澡？」

「如果可以，在下也想去……千草大人呢？」

「我、我也……好、好的。」

女神坦率回答小人族少女，並且也問了其他人的意見。

與搜索隊同行的遠東出身冒險者──【建御雷眷族】的兩名少女有點拘謹，但清楚地點點頭。

「……荷米斯神。」

「啊，可以啊──。護衛工作就休息一下吧，讓妳自由行動。」

「那麼我也一道去。」

亞絲菲甩動著純白披風一轉身，她的主神荷米斯慢吞吞地回答。

暫時解除護衛任務的她，也加入了涼水澡的行列。

「艾絲也一起去吧！」

「嗯……」

「再找莉涅她們一起去，輪流看守吧。」

蒂奧娜與蒂奧涅呼朋引伴，參加人數越來越多。

包括被同伴從背後抱住的艾絲，休息中的女性團員都被叫到了。

「蕾菲亞也，一起去嗎？」

「……」

「蕾菲亞？」

「…………」

被艾絲叫到的蕾菲亞毫無反應，她像根木頭般站在那裡發呆。

跟菲兒葳絲重逢讓她太興奮，沒能參加城鎮(里維拉)的觀光行列，茫然自失。竟然把本來的目的忘到九霄雲外去了，怎麼會這麼疏忽呢？

順便一提，菲兒葳絲被得意忘形的蕾菲亞講到無法回嘴，早就生氣回去了。耳朵尖端還是紅的。

看到精靈少女化為活雕像，艾絲不知該如何是好。

「妳在發什麼呆啊，蕾菲亞！一起去吧！」

「啊!?」

蒂奧娜從旁撲向蕾菲亞，喚回了她的意識。

她站在艾絲眼前不知道發生了什麼事，左右張望。

「咦！涼水澡嗎？啊，我去我去，我要跟去。這次務必讓我隨行我不會輸給那個人類。」

「呃，嗯……？」

蕾菲亞腦袋還沒完全清醒。

看她被蒂奧娜抱著說些語無倫次的話，艾絲有點慌張。

「那麼，我們走吧！」

在蒂奧娜的呼喚下，一行人就此出發。

包括赫斯緹雅她們在內，集合了大約二十人。低階團員看起來特別多，椿不知道跑哪去了，不見人影。由得意揚揚的蒂奧娜帶頭，自從進了迷宮就沒沖過澡的赫斯緹雅等人也有點期待。

大夥集體行動走了一會。

視野豁然開朗，來到了一個大瀑布下面。

「登登──，就是這裡！」

『哦哦──』

蒂奧娜有些得意地張開雙臂，赫斯緹雅她們感動地叫出聲來。

蒼藍清流從約莫十M的高度落下，細碎水花自水面飛舞飄散，沁涼舒爽。四周圍繞淡淡發光的水晶與樹木，擴展枝葉的森林圓頂覆蓋了頭上空間。

這裡就是兩天前艾絲她們使用過的瀑布池。

「這森林裡有好幾處水池，不過……真是找到了個好地方呢。」

「是蒂奧娜，找到的……」

雖然離露營地較遠，不過【洛基眷族】每次只要有空，都會來這個水池洗涼水澡。

就連造訪過第18層好幾次的亞絲菲，看到這片遼闊美景都不禁讚嘆，艾絲露出小小微笑，說是拜蒂奧娜散步所賜。

「那麼，關於順序……先請女神赫斯緹雅她們洗，然後……」

「蒂奧娜小姐妳們先吧！我們排後面就行了！」

「我們會好好看守的！」

「這樣嗎？那我們先洗囉。」

任由女神等人在一旁興奮，蒂奧涅環顧自家派系的成員們，低階團員的少女們禮讓了派系幹部。聽到亞人晚輩們說「警衛交給我們」，蒂奧涅回以笑容。

雖說是安全樓層，但這森林裡仍然棲息著從其他樓層前來覓食的怪獸。不只是第18層，不管在哪裡都不該在沒有看守的狀態下，毫無防備地洗涼水澡。

更別說這個森林裡還有許多男性團員。

「那麼，我們先洗喔，蕾菲亞。」

「請吧，艾絲小姐！」

蕾菲亞也去當看守。

艾絲、蒂奧娜與蒂奧涅，然後是赫斯緹雅與亞絲菲等搜索隊的少女們，總共八人先洗涼水澡。

到了這時候，蒂奧娜她們跟小人族少女們講話已經不拘束了。她們聊得開心，各自脫下自己的衣服。

以英氣凜然的遠東少女——在冒險者之間小有名氣的新人(菜鳥)【建御雷眷族】的倭・命——為首，不輸【洛基眷族】成員的美少女們一一露出柔韌肢體與胸前雙峰。

「——哼！大獲全勝！」

只是不知道為什麼，發生了赫斯緹雅豪爽地把衣服脫下一扔，對艾絲耀武揚威的場面。

蹦出的雄偉巨峰讓艾絲莫名其妙地驚慌起來，但蒂奧娜比她更慘，已經脫光的她「嗚咕!?」一聲按住自己的洗衣板，受到了精神傷害(damage)。「妳看吧。」蒂奧涅蠻不在乎地說。

無論如何，脫了衣服的艾絲等人開始洗涼水澡。

「呀呵——！」

「就跟妳說了！不要忽然跳進水裡啦，笨蛋蒂奧娜!?」

「嗚哈～，這真讓人難以抗拒呢～！」

「水好潔淨……在下我們的遠東河川，也沒有如此清澈。」

「嗯，好舒服……」

「現在這樣看起來，亞絲菲大人有種高貴氣質呢，平常都不會注意到。」

「您是想說我總是一臉倦色嗎，莉莉露卡・厄德……？」

「呃，那個……因為亞絲菲，小姐……總是很努力。」

有人跳進水裡，有人被潑到水大為感動，水池各處發出了大家滿心歡喜的聲音。

在水池洗澡洗習慣了的艾絲等人，也被興奮的赫斯緹雅她們逗得露出笑容。蒂奧娜用水潑人，使得少女之間開始打起水仗。彷彿在森林池塘中嬉戲的水中仙精，女孩的尖叫聲不絕於耳。

貼在脖頸上的髮絲，以及沿著赤裸肌膚滑下的水滴都與妖豔姿態無緣，只是水嫩年輕。

（艾絲小姐不用說……大家真的都好漂亮喔。）

蕾菲亞在外頭看守，從水池外瞥了一眼艾絲她們，不禁嘆了口氣。暴露在外的裸體讓人目眩神迷，周圍的低階團員也都是類似的反應。

幸好主神（洛基）不在這裡，蕾菲亞由衷感到慶幸。

性好女色的她看到這幕光景，一定垂涎三尺。

那些少女就是如此魅力十足，就連同性的蕾菲亞看了都入迷。

（哎，不過各位男士也一樣就是了……）

連蕾菲亞都看得出神了，異性可想而知。

雖然看守的對象基本上是怪獸……不過要是有無禮之徒膽敢偷窺，可得讓他受點天誅才行，蕾菲亞此時裝備著的杖將會大發神威。

話雖如此，【洛基眷族】的男性陣容，有留在露營地的安琪她們盯著。被那種眼光一瞪，男性們想必是心驚膽戰，起不了什麼邪念的。更別說低階團員們團團包圍了水池，陣形密不通風。

如果有可疑人影接近，馬上就能察覺到。

赤身露體的艾絲將金髮撩至耳後，面露笑容，讓蕾菲亞如癡如醉……更正，是露出微笑，並全力警戒四方動靜。

沒錯，在這麼嚴密的警戒網中，怎麼可能有人光天化日下跑來偷窺——

「——咿咿咿咿咿咿咿咿咿咿咿咿咿咿咿咿!?」

——就是有。

謎樣物體發出大叫，突如其來從上方急速落下。

就在艾絲她們享受涼水澡樂趣的水池正中央，降落水面。

「——咦？」

咚啵!!大量水花掀起。

喔哇啊!?赫斯緹雅她們驚愕地慘叫。

聽到層層重疊的喧鬧聲，蕾菲亞與其他看守一樣僵住了，她的嘴唇發出沙啞低喃。

萬萬沒想到頭頂上，樹葉濃密的森林圓頂中會躲著無禮之徒。

好像嫌偷看不是男子漢的行為——對純潔少女們的沐浴展開急襲!!

蕾菲亞的時間只凍結了一瞬間，她猛地挺出上半身。

臉色大變的她，視野中看到的是連滾帶爬地前往淺灘，手腳著地的——白髮少年。

「阿爾戈小英雄？怎麼了，怎麼了！你也來洗涼水澡啊？」
「看你一副乖乖牌的樣子……想不到你也挺敢的嘛。」
蒂奧娜與蒂奧涅一點都不害羞，毫不遮掩地站在少年面前，語氣從容不迫。
「這、這這這這……!?」
「咦、咦咦咦咦……!?」
兩個遠東少女滿臉通紅地發出呻吟，當場蹲下泡進水裡。
「難道是……荷米斯神？」
亞絲菲眼神凶惡地抬頭往上瞪，頭上圓頂好像嚇了一跳，搖動了一下。
「貝爾，你這人真是……！」
「您、您在做什麼呀，貝爾大人!?」
女神讓胸部漂浮在水面，小人族少女尖聲慘叫。
然後是——
「……啊。」
在水池遠處，背對著流下的瀑布，艾絲與少年四目交接。
她臉頰染成紅色，羞赧地以雙臂抱住身子，遮住胸部。
濡溼的金色長髮，美白如玉的肌膚，然後是沿著纖細頸項滑落到小蠻腰的一滴水珠。
白髮少年——貝爾的臉整個漲紅，讓人以為要燒起來了。

蕾菲亞的臉，也完全染成紅色。

艾絲的裸體。

金髮金眼少女的玉體。

自己所崇拜的，美貌可與天神媲美的憧憬劍士最原始的姿態，被那人看得仔仔細細，一清二楚。

——太離譜了。

貝爾與蕾菲亞。

前者是羞恥，後者是激憤。

兩人的腦袋同時應聲爆炸。

「又——又是您啊啊啊啊啊啊啊啊啊啊啊啊啊啊啊啊啊啊啊啊啊啊啊啊啊啊啊啊!!」

「對——對不起啦啊啊啊啊啊啊啊啊啊啊啊啊啊啊啊啊啊啊啊啊啊啊啊啊啊啊啊!?」

不只如此，還同時大叫出聲。

蕾菲亞踢踹地面，追風逐電地撲了上去。

貝爾以決堤之勢衝出水池。

低階團員的少女們猛一回神，也立刻跟隨蕾菲亞，從全方位襲擊貝爾。

然而，少年比較快。

蕾菲亞貫穿半空伸出了手，但貝爾以些微差距躲開了她的指尖，從少女們進逼而來的包圍圈脫身。

他一溜煙地逃出了瀑布池。

「～～～～～～～～～～～～～～～～～～～～～～～～～～～～～～～～～～～～!?」

當艾絲她們啞然無語、呆若木雞時，蕾菲亞發出不成聲的喊叫，氣急敗壞地追殺貝爾。

她漲紅了臉追趕漲紅了臉逃跑的貝爾。

但是追不上，太快了。有如瘋狂兔子的驚人速度，甚至足以顛覆彼此之間的Ｌｖ．差距。

突破極限的羞恥引發了極限解除(limit off)。那有這種的啊。

貝爾不顧一切卯起來逃命，蕾菲亞眼見著與他越離越遠。

「——【解放一束光芒聖木的弓身汝乃弓箭名手狙擊吧精靈射手射穿吧必中之箭】!!」

「不行！蕾菲亞，這樣太過火了——!?」

「會死的，他會死的啦!?」

「那孩子會蒸發的啦!?」

眼見蕾菲亞一邊疾速狂奔一邊用生涯最高速度凶狠使出「並行詠唱」，好不容易追上她的其他看守團員接二連三撲到她身上。

這可是怒火中燒的高級魔導士估計威力相當於Ｌｖ．5的炮擊，而且是追蹤(homing)屬性，必死無疑。

亞人少女們慌張失措地阻止蕾菲亞，說Ｌｖ．2的白兔會被燒得連灰都不剩。

蕾菲亞被同伴抱住腰部、肩膀與背部，眼睜睜看著少年整個人消失在森林深處。

「嗚啊嗚啊嗚啊～～～～～～～～～～～～～～～～～～～～～～～～!!」

蕾菲亞憤怒的大咆哮，轟然響徹整片森林。

◆

『白髮混帳偷窺了艾絲小姐洗涼水澡────!?』

『那・個・臭小子────!!』

貝爾・克朗尼的偷窺事件，轉瞬間傳遍了露營地。

聽到消息的【洛基眷族】團員們不分男女都拿起武器，雙眼迸發血紅凶光，那模樣比怪物（怪獸）更像鬼怪（怪獸）。連「中毒」臥病在床的團員們也滿腔怒火，差點沒像活屍似地從床上爬起來。

各處都掀起了冒險者們的吶喊巨浪。

「這是怎麼回事……到底發生了什麼事？」

「我才想問呢……」

就連打獵回來的椿看到眼前光景都不禁慌張，閉著眼睛的里維莉雅也像頭痛般把手放在額上。

樓層的時段才剛切換成「夜晚」。

當水晶光消失，夜幕降臨時，露營地仍然殺氣騰騰。搖曳的魔石燈光照亮了團員們鬼氣森森的臉孔，把赫斯緹雅等客人都嚇壞了。之後聽了事情經過的鐵匠青年與遠東出身的大漢冒險者交頭接耳著說「貝爾那傢伙夠種啊……」、「真是個男子漢……」。

「荷米斯，你怎麼這樣啊！不要教貝爾學壞啦!!」

「妳、妳冷靜點嘛，赫斯緹雅？我是做為一個神，想將貝爾小弟引向正途……」

至於男神荷米斯，則被綁在露營地一隅。

亞絲菲看穿了他與貝爾一同潛伏於森林圓頂，趁他還來不及開溜就逮住了他。而經過化為惡鬼(食人魔)的【萬能者(Perseus)】盤問後，得知這場偷窺騷動是由心存邪念的神一手主導。少年想阻止他不但遭受波及，還掉進了水池裡。

面對鑾不在乎地笑著說「我覺得貝爾小弟應該也很滿足喔？」的花美男天神，女神的漆黑髮絲(雙馬尾)如波濤起伏，「啪！」地打了一下他的頭。「真是，我就覺得哪裡奇怪，原來……！」

赫斯緹雅怎麼想都不覺得意志薄弱的眷屬敢做出這種大膽犯行，氣呼呼的。

「最後……有什麼想辯解的嗎，荷米斯？」

「——偷窺是男人的浪漫啊，赫斯緹雅！」

「夠了死吧。」

「咕啊啊啊啊啊啊啊啊啊啊啊啊啊啊啊啊啊啊啊啊啊啊啊啊啊!?」

亞絲菲對荷米斯這個派系(眷族)之恥做出制裁。

因憤怒與羞恥而滿臉通紅執行的種種體罰，看得赫斯緹雅與【洛基眷族】的團員們渾身發抖。

「結果又是天神常有的胡鬧呢。」

「什麼嘛——，原來阿爾戈小英雄不是來玩的啊～」

「不過……他去哪裡了呢？」

艾絲跟蒂奧涅、蒂奧娜一起看著荷米斯被痛扁，然後環顧露營地周邊。

特攻犯……更正，貝爾・克朗尼此時還在大森林裡逃亡，或者該說下落不明。

他還沒回來露營地。

樓層失去了地下藍天，艾絲正擔心時……從第17層甬道的方向，出現了一個身影。

「吵死了……是在鬧什麼啊。」

「啊，伯特!?」

狼人伯特對團員們忘我的狂躁，以及荷米斯的淒厲慘叫皺起眉頭。扛在他右肩的，是裝了大量試管的背包。

他從整個都市收購專用解毒藥，回到了第18層來。

「吼，你很慢耶～!?大家都等累了啦！」

「那妳去啊，蠢亞馬遜人。」

「團長，伯特回來了！」

「呃，你回來了……」

露營地原本的喧鬧，霎時被準備治療的慌亂蓋過。

各團員接過裝在特殊容器（瓶子）裡的特效藥，餵給躺在帳棚裡的病患們喝。喝下再怎麼委婉也稱不上好聞的藍紫溶液，本來痛苦呻吟的傷患們呼吸瞬時安定下來。少數幾名治療師之間發出歡呼，看到同伴病情好轉，其他團員們也手拉著手分享喜悅。

「太好了呢～，真為大家高興～。……哎，伯特偶爾也能幫上點忙嘛。」

「呵呵，總之這下終於能放心了。」

看到女性團員們好了很多，躺著露出苦笑的模樣，蒂奧娜與蒂奧涅也相視而笑。獲准在露營地逗留的赫斯緹雅等人，這時也來幫忙做治療。

「辛苦了，伯特，幫了大家一個大忙。」

「衣服挺髒的，怎麼，都沒好好休息啊？」

「少囉嗦，老太婆、老頭。芬恩，我去睡覺。」

「嗯，好好休息。……謝謝你，伯特。」

伯特沒正眼瞧一下對自己笑的里維莉雅與格瑞斯，就粗魯地走進一個帳棚。

看著狼人青年雙手交疊，倒頭大睡，芬恩出言慰勞並表示感謝。

之前受劇毒所苦的【洛基眷族】營地，終於除去了陰鬱氣氛。

「……呃，蕾菲亞？」

「……」

在一下子歡騰起來的露營地裡，蕾菲亞一個人在帳棚裡默默做治療。

搬著特效藥經過她身邊的艾絲從她背後叫她，但她沒反應，讓她無言地餵特效藥的兔人少女等人不知為何嚇得發抖。

總覺得似曾相識……艾絲從少女的背影看見黑色瘴氣的幻覺，淌著冷汗。

簡直就像暴風雨前的平靜，讓她有點害怕。

（……還沒，回來。）

當所有人都分到解毒藥，露營地開始恢復平靜時。

艾絲仰望枝葉覆蓋的頭頂上，才剛變暗的樓層天頂。

森林裡中層區域的怪獸猖獗，天色變暗後視野不清，威脅性自然也會升高。剛升上Ｌｖ．２的高級冒險者在森林落單恐怕有危險，說不定他已經迷路了，正不知該如何是好。

艾絲也知道在這廣大森林裡到處亂找只會徒勞無功，可是……晚餐時間即將到來，艾絲開始煩惱是不是該去找他。

「謝謝您，琉小姐。」

「不會，那我先走了。」

——恰好就在這個時候。

艾絲正走向瀑布池的方向時，貝爾與一名冒險者，從森林深處現身。

記得那人是……搜索隊裡的蒙面冒險者。

艾絲記得昨天宴會之際，那人隨同來自第17層的赫斯緹雅等人，一起跟貝爾說過話。只是不知道為什麼，後來似乎就不見蹤影了。

那人披著連帽長斗篷，此時仍遮著臉。身穿單薄戰鬥衣與短褲搭配長靴，體型纖瘦，應該是女性。

看來似乎是她送迷路的貝爾回來。

蒙面冒險者與少年講了兩三句話後，再度回到森林裡去。

總之這下就放心了，艾絲正鬆了口氣時。

「唉——」垂頭喪氣的貝爾嘆著氣走過來，一抬起頭的瞬間……當然正好與艾絲四目交接。

「啊。」

「啊。」

兩人齊聲低呼。

瞬時間，兩人像面對鏡子似的，都臉紅了。

雙方腦中共有著幾小時前的光景。艾絲因為被他看到一絲不掛的模樣而紅著臉頰；貝爾則因為看到她的美麗裸體而面紅耳赤。

「……呃，那個……」

她兩手扭扭捏捏地搓來搓去，視線動不動就移向腳邊。

艾絲一反常態地慌張失措，不敢正視少年的臉。不只臉頰，身體每個角落都在發燙，這種心情她還是第一次。

而貝爾也是一樣的。

他比艾絲更慌張，滿頭大汗如瀑布一般流下——接著猛烈跪拜在地。

「真、真的很對不起——————!?」

貝爾一邊大叫，一邊叩頭求饒。

他拋開羞恥，顧不得體面不體面，全力賠罪。

莫名其妙來個叩頭禮，把艾絲嚇了一跳。總之她唯一能理解的，就是貝爾用盡了全力在道歉，她連忙阻止。少年撞在地上的額頭都流血了。

讓艾絲扶著搖搖晃晃站起來後，他還繼續像夢囈般念著「對不起對不起對不起……」。被白色瀏海遮住眼睛的側臉，依然紅通通的。

艾絲也被他感染，再次臉紅起來。

「那、那個……已經沒關係了……好嗎？」

「好、好的……」

艾絲像姊姊一樣告訴貝爾，他一臉可悲的表情，小小聲地回答。

露營地角落開始產生尷尬氣氛。

正面相對的兩人紅著臉，結果始終不敢看對方的表情。

後來貝爾相當忙碌。

他去向所有偷看了涼水澡的女性陣容道歉，是每一個人，誠心誠意，全力以赴。

貝爾四肢頭部著地謝罪，整個人幾乎沒陷入地底；看到少年連續做出遠東式叩頭（土下座），女生們也沒真的動怒。也因為是受到神的教唆，大家認為可以從輕發落，所以只嚴重警告了他兩句。

蒂奧娜她們一點都沒放在心上，笑著帶過；亞絲菲反過來向貝爾道歉；赫斯緹雅很有一套，能一邊說教一邊發狂。荷米斯被打得不成人形、奄奄一息的模樣，嚇得貝爾「噫！」地叫出聲來。

後來男女混合的劍姬親衛隊一度差點發起暴動，幸有艾絲拚命勸說，才和平收場。貝爾為了給大家惹來許多麻煩，也去向芬恩他們道歉，這讓首腦陣容也不禁苦笑。

「唉——……」

好不容易向各方人士謝罪完了，貝爾不知道是第幾次嘆氣。

他的臉上流露著羞恥、罪惡感與疲勞。晚餐時間快到了，他卻一手拎著攜帶式魔石燈跑遍露營地。順便一提，他回到露營地後就脫掉了所有裝備，只留下護身用武器。

對抗著無法消除的悖德情感，好不容易鬆了口氣時——忽然間。

「————」

一陣駭人的凶惡氣息，出現在少年背後。

心臟被一把抓住的沉重壓力，使他的喉嚨像壞掉的笛子般發出「咻」一聲。

貝爾一瞬間變得滿身大汗，以生鏽般的動作轉過頭來，只見一名森林精靈，雙手握著撲殺用的魔杖。

她雙肩背負著暗黑瘴氣，沉默地低著頭。

少年結凍了。

因為眼前的美麗精靈散發出的恐懼分量，等同於一度讓他做好「死亡」準備的猛牛（彌諾陶洛斯），或是更進一步在第17層遭遇的樓層主（歌利亞），甚至在牠們之上。

深紅眼瞳在精靈背後看見了恐怖魔龍的幻覺。

最後，精靈少女慢慢抬起頭來。

「饒不了你，絕不饒你，不可饒恕。」

本來蔚藍色的眼眸，散發出陰森森的眼光。

像個壞掉的人偶般，連聲說著充滿殺意的「絕不饒你」的模樣正有如死神。

憧憬少女的純潔裸體遭到玷汙，瞋怒之火焚燒著她的身體。

雙手緊握的魔導士魔杖，發出吱吱擠壓聲。

少年的體感時間被拉長到極限。

少女的身體一下沉的同時，他以音速轉回前方，卯足全力踢踹地面。

「給我站住————!!」

「噫咿咿咿咿咿咿咿咿咿咿咿咿咿咿咿咿咿咿咿咿咿咿咿咿咿咿咿咿咿咿咿咿!?」

大逃殺揭開序幕。

哭叫的白兔與怒火衝天的精靈，展開了猛烈的追逐戰。

一邊是比半個月前提升了的Ｌｖ．２逃速，一邊是化憤怒為力量的魔導士的追速。

憑著凌駕於前次逃跑與追逐的加速力，兩人一瞬間衝出露營地，消失在森林深處。

「哎呀，蕾菲亞呢？」

「到處都不見人影耶——？」

「……？」

大家在露營地中心要吃晚飯了，晚輩精靈卻不見蹤影，讓蒂奧涅、蒂奧娜與艾絲環顧周圍。

對了，那孩子也不在……？

艾絲尋找著蕾菲亞與少年的身影，往旁偏了偏頭。

座落於第18層的大森林幅員遼闊。

從樓層南部到東部茂密長滿了高大樹木，面積足足占了「迷宮樂園」的五分之一。森林除了鄰接中央地帶的大草原，範圍還一路擴張到樓層邊緣的牆邊。不只叢生著多種果樹與植物，從恍如巨人短劍的水晶柱到石礫程度，大小各異的藍水晶突破大地生長也是特徵之一。

而只要「夜晚」一度降臨，大森林就會搖身一變，成為魔物之森。

白天蘊藏著夢幻柔光的藍水晶變得帶有幽幽寒光，蒼然森林中只能以陰氣森森來形容。夜視能力強的怪獸威脅自不待言，森林地形的高低起伏意外激烈，一個大意就會嘗到苦頭。此外，也有不少高級冒險者進了森林就再也沒回來，甚至連屍首或遺物都沒被發現，這種異常性讓人懷疑森林深處也許潛藏著某種強悍怪物（怪獸）……在「里維拉鎮」流傳得煞有其事。

無論如何，入夜的森林總是很危險的。即使是習慣進出大森林的人，也會輕易迷失方向。

說了半天，結論是……

「又、又迷路了……」

「您、您是想怪在我身上嗎!?」

貝爾與蕾菲亞落難了。

兩人你追我跑了半天後，回過神來，才發現迷失在黑暗森林中的某處，不知身在何方。

今天第二次在森林裡迷路，貝爾垂頭喪氣。

看到少年這樣，蕾菲亞氣得臉紅大罵。

兩個不成熟的冒險者在佇立的大樹下擦汗，上氣不接下氣的喘息聲交纏在一起。

蕾菲亞是在幾分鐘前抓到逃跑的貝爾的，她雙手握著魔杖，正要對害怕的白兔處刑，這才發現他們剛才只顧著跑，此時周圍是一片陌生景色。

森林的最深處聽不見人群喧囂，也不知道是走什麼路來的。兩人冒著冷汗，沉默著在附近拚命走動，然而陰暗可怕的森林只是強迫少年少女面對現實。

到處亂走也沒能改變什麼，結果變成了現在這個狀況。

「真、真要說起來都是您的錯，誰叫您要逃跑！還哪裡不好跑，跑到森林這麼深的地方！」

「咦咦咦咦咦!?可、可是我以為不跑，會、會沒命……!!」

「怎麼可能嘛！您把我當成什麼了!?我只是想給您點顏色瞧瞧而已！」

「果然是想給我好看嘛!?」

雙方都挺直了彎著的腰，開始難看地爭吵不休，叫個沒完。

貝爾握在手中帶來的攜帶用魔石燈，配合著兩人口角微微搖晃著燈光。

「追根究柢說起來，都是您太不要臉了!!您怎麼能找艾絲小姐做特訓啊!?您是其他【眷族】的人耶，派系之間又沒有交情！自己都不覺得奇怪嗎!?」

「嗚……!?」

「艾絲小姐是第一級冒險者，是鼎鼎有名的【劍姬】!!強悍，漂亮又嬌柔!!怎麼能委屈她陪您一個沒沒無聞的初級冒險者練武呢！真是太欠缺常識了!!」

蕾菲亞面對貝爾，不知不覺間發洩出累積了一肚子的怨氣。

被她漲紅了臉逼近過來，貝爾完全無法反駁，畏畏縮縮。

「結果您竟然不只早上，而是霸占了艾絲小姐一整天，到了這個樓層來還麻煩她照顧您……！真是太羨慕了！不對，是太厚臉皮了!!」

「嗚嗚……!?」

長期累積起來，像魔女大鍋熬煮般持續沸騰的怒氣一發不可收拾，所有想得到的怨言統統衝口而出。她指責少年從「遠征」前的市牆訓練到今天為止的一切過錯，不時還夾帶一點私怨。

貝爾只能被罵得往後仰。

「最後竟然還偷窺了艾絲小姐的，裸、裸、裸體……！」

「對對對對對對不起!?」

「您看到了嗎!?」

「咦!?」

「您看到了吧!?」

「看、看到什麼!?」

「您想讓我說出口嗎!?」

「真的萬分抱歉——!?」

少年坦承清楚看見了艾絲的裸體，讓蕾菲亞眼角開始泛淚。

「做為一個人不覺得可恥嗎!?真是差勁透頂！您是！最差勁的人類!!」

蕾菲亞緊閉雙眼，扯著嗓門大叫。

遭受美少女（精靈）給予最後一記痛擊，「咕呼!?」少年的身軀彎成了ㄑ字形。

踉蹌幾步後……哼都哼不出一聲的貝爾，頓時垂頭喪氣。

少女的責難風暴中斷了。

哈啊，哈啊……

在陰暗而籠罩寂靜的森林裡，只聽得見蕾菲亞肩膀上下起伏的喘息聲。

結果少年一句話都沒反駁也沒辯解，只是任由她責罵。白髮就像沮喪兔子的耳朵般，也垂得低低的。

在他右手拎著的魔石燈照亮下，蕾菲亞看到他這副模樣，不禁別開視線。

仔細想想，除了初次見面的時候，這還是自己第一次真正跟他講到話。

蕾菲亞暢所欲言後恢復了冷靜，心想似乎講得有點過分了，開始覺得難為情。

就在她對自己單方面出氣的行為感到心虛時……「咕」一聲。

貝爾的肚子叫了。

「……」

「……」

低著頭的貝爾，耳朵紅了起來。

他怯怯地抬起頭，與愣住的蕾菲亞視線一碰上，趕緊又低下頭去。

「剛、剛才那個！沒什麼，該怎麼說……!?」

「……您肚子餓了嗎？」

「呃！不，那個！……是、是的。」

被她一問，貝爾用幾不可聞的聲音勉強回答。

他們剛好是在晚飯前開始你追我跑的，看他這樣，大概連午餐都沒吃吧。

看著從「白晝」就在這大森林裡跑來跑去的少年，蕾菲亞嘆了一小口氣。

暫且停戰吧。

她略為環顧周圍尋找糧食，但沒那麼剛好能找到水果。看看身上有什麼……蕾菲亞翻了翻身上的戰鬥衣，結果在胸前內側的口袋發現了某個東西。

是兩天前艾絲送給自己的水晶糖。

（唔唔唔唔……）

看著放在手心裡的淚滴型果實，她蹙起眉頭。

蕾菲亞往下看著藍白光輝，這可是拯救了憧憬少女的勳章……她再度嘆了口氣。

蕾菲亞將兩顆中的一顆拿給貝爾。

「給您。」

「咦……？」

「您不是肚子餓了嗎？雖然或許不太能充飢……您就吃了吧。」

聽到蕾菲亞把臉扭向一旁說道，貝爾似乎很慌張。

他像是又困惑，又歉疚……輪流看看蕾菲亞與她拿給自己的水晶糖。

「可、可是，這個……」

「沒關係！您就吃了吧！」

「好、好的!?」

蕾菲亞也知道自己開始害羞了。

為了掩飾漸漸發熱的臉頰，蕾菲亞大聲說：

「我先說清楚，這水晶糖可是非常珍貴的，您可得好好品嘗著吃喔!?這在地表可要賣三萬法利呢！」

「這、這一顆就要三萬法利……!?」

比我的裝備還貴……!?貝爾戰慄不已。

啊，忘了說是瓶裝價格了。蕾菲亞不禁冒汗。

少年戰戰兢兢地吃糖的模樣讓蕾菲亞露出尷尬表情，自己也將藍白果實含進嘴裡。

後來兩人不約而同地坐到樹根旁，想暫時讓身體休息一下。

森林還是一樣陰暗。

好幾棵大樹層層重疊，幾乎看不見樓層的天頂部分。或許也因為是「夜晚」，森林裡有點寒意。

藍水晶依偎著樹幹生長，散放淡淡光輝；放在蕾菲亞與貝爾之間的魔石燈照亮了兩人的側臉。

蕾菲亞他們背靠大樹，面朝前方，完全沒有對話。

兩人含著糖果，氣氛令人有些坐立難安。

些微拉開的距離，如實描述了兩人的關係性。

『——喔喔喔喔喔喔喔……』

「「噫！」」

忽然間，某處傳來了吼叫聲。

蕾菲亞與貝爾的肩膀同時一震。

聽見怪獸的遙吠讓兩人仰望頭頂上，然後面面相覷。

（在這種森林深處，兩人獨處會有危險……！）

不是悠哉地休息的時候。蕾菲亞到這時候才想到。

夜晚的森林很危險，至少就他們兩人來說，不是能無憂無慮地過夜的安全場所。

吃完了水晶糖的蕾菲亞，當場站了起來。

「我、我們得設法回營地，留在這裡會有危險。」

「好、好的！」

貝爾也急忙跟著站起來，老實地點頭。

斜眼看著手持魔石燈的他，蕾菲亞重新觀察周圍。

不只四面八方，連頭頂上都是茂密的樹木。即使在「夜晚」，恐怕也找不出旅店城鎮（里維拉）或【洛基眷族】的露營地——魔石燈光照亮的方向。

（如果發射我的「魔法」，艾絲小姐他們一定會注意到，可是……）

只要朝著正上方「碰——」一聲放出名為華麗炮擊的煙火，然後靜靜待著，那些可靠的第一級冒險者一定會趕來。

可是，那樣未免……太沒面子了。

自己迷路了還叫派系同伴來救人，實在太丟臉了，更何況蕾菲亞也還有一點點小小的尊嚴。

雖然不願承認，但現在這個狀況有一部分是自己造成的。

他們得靠自己的力量摸索，想辦法回露營地才行。

（就是啊，我得堅強一點……）

蕾菲亞偷看一眼舉著魔石燈環視四周的少年。

一個是Ｌｖ．２，第三級冒險者貝爾。

另一個是等級較高的Ｌｖ．３，既是高級魔導士又是第二級冒險者的蕾菲亞。

論能力（能力值）與經驗，都是自己為上。

「姑且問一下……您幾歲？」

「咦？呃……十四。」

果然年紀也比自己小，自己比他大一歲，是長輩。

這下更必須由自己設法解決了。蕾菲亞鼓起幹勁。

「這種時候不可以慌張！聽好了，接下來請您聽從我的指示！」

「我、我明白了！」

身為第二級冒險者，蕾菲亞擺出前輩的態度，但不至於惹人厭。她一手拿著魔杖伸出食指，貝爾不住點頭。

沒錯，再怎麼說蕾菲亞可是【洛基眷族】的一名成員。

不能讓其他派系的人看到自己沒出息的模樣。

蕾菲亞踹了一腳在艾絲他們面前總是自信缺缺的自己，裝備起都市最大派系團員的面子。
她隱藏起內心的緊張，毅然決然帶著貝爾邁步離開現場。
（冷靜下來，整理狀況，隨時注意警戒周圍……）
蕾菲亞接過魔石燈，帶頭走在黑暗森林裡，她已經指示貝爾注意後方。
以往她總是讓艾絲她們保護、幫助著。
這點小事必須靠自己……她將這種使命感懷藏於心。
雖然只是表面工夫，但在這時，蕾菲亞完美做出了第二級冒險者應有的態度。比起以前只會蜷縮在艾絲她們後面的自己，確實有所成長。
這在偉大前輩們雲集的【洛基眷族】當中，至少是目前尚未經驗過的職責。她要負起責任，一個人引導不安地頻頻環顧四周、等級比自己低的冒險者。
她弄碎大小剛好的藍水晶，將碎片灑在身後，每次大幅繞道時就在樹幹刻上×印記號。而且不忘割得深一點，以免復原得太快。
有時蕾菲亞及早察覺怪獸的氣息，關掉燈光，與貝爾一同躲進樹叢。為了避免不必要的戰鬥，兩人好幾次藏身等待怪獸離去。
「那個……維里迪斯，小姐？」
「……蕾菲亞。」
「咦？」

「叫我蕾菲亞就可以了，我不想讓同胞（精靈）以外的人用村落（維仙）之名叫我。所以，有什麼事嗎？」

聽到背後傳來怯怯的聲音，蕾菲亞面朝前方，語氣冷漠地回答。

對於不停下腳步的她，貝爾下定決心般問道：

「【洛基眷族】的成員們，是不是真的什麼都會？」

「……？什麼意思？」

「呃，蕾菲亞小姐是魔導士，對吧？可是卻很有行動力，就像這樣做事好有探險者的風範……覺得很厲害。」

「什、什什什……!?」

聽到貝爾敬佩地說「真不愧是都市最大派系（洛基眷族）」，蕾菲亞的臉頰反射性地紅了起來。

「奉、奉承我也得不到什麼好處的!?還有，沒事不要講話！」

「對、對不起！」

看到精靈少女轉過身來罵人，貝爾的身體縮成一團。

蕾菲亞就某種意義來說受到了奇襲，柳眉倒豎地說：「真是！」

她轉身背對一臉歉疚的少年，快步往前走去。

「……蕾菲亞小姐。」

「又有什麼事了？」

聽到對方再度開口，蕾菲亞口氣有點帶刺地回答。

少年靜靜地向她問道：

「是不是真的要什麼都會，才能成為芬恩先生他們……還有艾絲小姐的力量？」

對於這個問題。

蕾菲亞一時停下腳步。

隔了一拍後，她再度往前走，慢慢地輕聲說道：

「沒辦法的，就算變得什麼都會，還是完全……追不上他們。」

講完這句話後，沉默降臨兩人之間。

他們無言地不停前進，只聽得見草地發出的些微聲響。

只有在這一刻，兩人的心意相通了。蕾菲亞與貝爾在沒有自覺的狀態下，心裡嚮往著同一個巔峰。

後來，他們前進了一會兒。

在兩人的面前，出現了抬頭仰望會讓脖子痠痛的大樹。

停下腳步的蕾菲亞，確定周遭沒有任何氣息，就稍微檢查了一下樹木。

樹幹比起森林裡其他樹木都要粗，樹頂又高又遠。

（這棵樹應該可以……）

蕾菲亞並非漫無目的地在森林裡亂走。

她是在找這種巨大樹木，要爬上去確認目前所在地。

只要能發現兼具下一樓層甬道功能的——長在樓層中心的巨樹，就能輕易算出森林大致的位置。

「我爬上去，看看周圍的情形，您待在這裡。」

「啊，好的，我知道了。」

好。蕾菲亞點點頭，正要爬上大樹……在那之前，再看了一眼貝爾。

她按住自己的戰鬥衣——魔導士服的裙子，紅著臉瞪他。

「絕對！不准往上看喔!?」

「欸？什麼……」

「您如果看了，我絕～～～對不會原諒您的!!」

「好、好的!?」

被少女氣勢洶洶地一吼，貝爾二話不說馬上答應。

蕾菲亞臉上的紅暈還沒消退，「咚！」一聲跳起來。

她留下少年負責看守，一個人爬上大樹頂端。

蕾菲亞踏在樹枝上，一次次從這裡跳到那裡。

跟魔石燈一起被拋下的貝爾，隔了一段時間才戰戰兢兢地抬頭，已經看不到蕾菲亞的身影了。

「果然很厲害……」

看到第二級冒險者不用手，只用連續跳躍就能爬上大樹，他由衷發出驚嘆。

至於蕾菲亞完全不知道貝爾的反應，一躍來到頂端附近的粗樹枝上。
大樹輕易突破了森林枝葉形成的綠色圓頂，樹上就跟蕾菲亞想的一樣，能將樓層景色一覽無遺。
視線看向左手邊，能肉眼確認到她要找的中央樹，樹前聳立著散發藍色光輝的巨大單一水晶柱。看來目前所在地是樓層正東邊，而且靠近東側邊緣。
她仔細眺望附近景色，以好好記住地形。
——就在這時。
「咦——？」
她俯視著下方森林的視野，閃過一幕光景。
蕾菲亞趕緊躲進枝葉的陰影中。
她躲藏起來後，運用受【能力值】強化的視覺，蔚藍眼眸定睛細看——從樹木空隙間，清楚捕捉到了身穿長袍的可疑男子們。
覆蓋上半身的大型長袍，以及連嘴巴都遮住了的頭巾、護額。與黑暗融為一體的暗色點綴的服裝，掩蓋了長相與身分。
雖然服裝顏色不同，但打扮跟第24層糧食庫交戰過的長袍集團——黑暗派系的殘黨相同。
難道是……蕾菲亞倒抽一口氣。
對方有兩個人，正在往某處移動，位置離這裡不遠。

蕾菲亞記下兩個男人前進的方向，立刻跳下樹枝。
她突破好幾片樹葉，咚！在等候的少年眼前漂亮著地。
看到蕾菲亞忽然跳下來，貝爾一臉驚愕。
「把燈關掉！」
她即刻對目瞪口呆的貝爾做出指示。
「咦！咦？」
「快點！」
「好、好的!?」
貝爾急忙關掉了魔石燈。
唯一的光源迅速消失，周圍一帶全蒙上了黑暗，至少這樣就不用擔心被對方察覺了。
把搞不清楚狀況的貝爾扔在一旁，蕾菲亞動腦思考。
（不會錯，是黑暗派系的殘黨……他們在這個樓層做什麼？）
就像之前讓巨花寄生糧食庫，使其面目全非——變成了苗床（plant）——，他們在這第18層是否又有什麼陰謀？
怎麼辦？
應該立刻回到露營地，向芬恩他們報告嗎？
可是，這樣也許會追丟他們。剛才在這大森林裡能發現對方的身影，幾乎是奇蹟。

只要尾隨他們，也許能掌握到自怪物祭以來一連串事件的某些線索……？

（該怎麼辦……）

蕾菲亞面臨選擇。

困惑的貝爾，注視著神情嚴肅、默不吭聲的她。

歪扭著眼眉煩惱不已的精靈少女，在一分一秒流逝的時間催促下，做出了決斷。

（只能去了……）

這是千載難逢的好機會。

如果敵人有什麼詭計，那更必須在情況變得緊急之前，看穿他們的企圖才行。

再說，只要偵察一下就行了。只要能得知黑暗派系殘黨的企圖或是目的地，就等於是蕾菲亞贏了，這項任務應該不難才對。

帶回有力情報給芬恩他們。

蕾菲亞一心只有這個想法，擅作主張，決定跟蹤那些長袍男子。

（問題是……）

蕾菲亞這時抬起頭來。

眼前是還在困惑的貝爾。

也不能扔下他一個人。

就算把從樹上觀測到的露營地方位告訴他，走對路了，這座大森林對剛升上Lv．2的冒險者來說仍然相當危險。更別說他現在雖然裝備著護身用的一把漆黑匕首，穿著襯衣式火精護布，但沒穿戴任何防具。

把他扔在這裡，叫他乖乖等自己回來，也不是個好主意。

蕾菲亞目不轉睛地盯著少年，面對慌張的他，無可奈何地下了判斷。

「對不起……請您跟我來。」

蕾菲亞帶著貝爾，馬上開始移動。

依靠從樹上看到的俯瞰圖，蕾菲亞急著趕往殘黨們那邊。她盡可能消除腳步聲，壓抑著加快的心跳與呼吸，跑過樹木之間。貝爾只聽了簡單的口頭說明，還沒弄懂狀況，但仍然拚命跟了上來。

林立的樹幹與樹叢阻礙了視野，蕾菲亞拚命搜索，總算在遙遠前方發現了目標。

她即刻停下腳步，並比個手勢要貝爾停下來，躲到樹木後面。

（逮到了……！）

蕾菲亞憋住呼吸，握緊一手拿著的魔杖。

目測距離為五十M，從樹上確認到的人數為兩人。

蕾菲亞一邊細心注意除了前方兩名男子以外周圍有無同夥，一邊追趕黑暗派系的殘黨。

被捲入跟蹤行動的貝爾，表情僵硬地問她：

「那、那些人是誰啊？」

「……簡單來說，是跟我們敵對的組織。」

「跟、跟【洛基眷族】嗎？」

兩人匍匐在密集的低矮樹叢裡藏身，小聲交談。

聽到視線前方的長袍男子們是都市最大派系的敵對勢力，貝爾明顯慌亂起來。「不要問那麼多！」蕾菲亞巧妙地小聲罵他，「對、對不起！」貝爾也壓低音量道歉。

與心慌意亂的少年講著這些，蕾菲亞慎重地跟蹤對方。

男人們也不點燈，一邊注意周圍動靜一邊前進。兩人躲避著他們的警戒，並保持不遠不近的距離，最後抵達深邃森林的一角。

近處有著峭立的岩壁。

樹木空隙間可以看見岩石巨牆，代表樓層到了盡頭，目前所在地位於安全樓層的東側邊緣附近。

道路已經豁然開朗，至今能利用的樹木與樹叢等障礙物消失，變成單一道路。森林圓頂的枝葉也變薄了，恐怕無法躲到上面。

開闊的草地上，各處只立著最小也有二M以上的藍水晶柱，恰似「古代」的遺跡——彷彿巨石圈（stone circle）一般，或許可稱之為水晶叢林吧。

蕾菲亞注視著前方，只見男人們穿過水晶林，繼續往岩壁方向前進。

（不能在這裡折返……）

敵人的目的地近了，蕾菲亞敢確定。

感受著肌膚刺痛的緊張感，她對身旁的貝爾使個眼神，表示要繼續追蹤。他雖然變得慌張失措，但還是點頭答應。

兩人奔出樹叢暗處，闖入水晶叢林。

他們不發出任何聲響，藏身在水晶柱後，幾次重複這個動作。

蕾菲亞他們追逐著前方男人們的背影。

然後，就像被誘導一般，當他們正穿梭於水晶柱之間移動時。

喀啪。

毫無前兆地，地面裂、開了。

「————」

在一塊沒有水晶柱的圓形草地。

一踏入那裡的瞬間，地面應聲開出一個縱穴。

簡直就像、陷、坑一、樣。

「啊——!?」

身體受到浮游感侵襲，立足處消失了，蕾菲亞的呼吸為之停止。

身後傳來少年戰慄的氣息。

隨後，兩人向下墜落。

「——嗚啊啊啊啊啊啊啊啊啊啊啊啊啊啊啊啊啊啊啊啊!?」

蕾菲亞與貝爾的喊叫重疊在一起，掉進洞穴底部。

青草、泥巴與樹葉與他們一同墜落，蕾菲亞在急速墜落的過程中急著往上一看，在她的視野中，張開大口的蓋子再度發出聲響，猛地蓋了起來。

當森林光景與地下夜空被完全遮蔽時，下個瞬間，兩人到達了洞穴的終點。

「——嗚!?」

蕾菲亞與貝爾勉強以雙腳成功降落，就聽見好大的「啪唰!!」一聲，液體水花飛濺起來。

洞穴底部浸泡在帶點淡紫的液體中。

水位高到小腿的水灘——立刻伴隨著滋滋聲開始冒煙。

「好燙……!?」

蕾菲亞與貝爾的聲音再度重疊。

感覺簡直像泡在高溫熱油裡，雙腳肌膚隔著戰鬥衣被灼傷。

不對，是被溶化了。

低頭看著冒出泡沫與白煙的液體，兩人臉色變得鐵青。

「這是……!?」

「溶解液!?」

貝爾的驚呼與蕾菲亞的慘叫，在洞穴中迴盪。

雖不至於一瞬間就溶得骨肉不剩，但肌膚慢慢被溶化的感覺更助長了兩人的恐懼感。從貝爾手中掉落的魔石燈也浮在液體水面上，一邊發光，一邊已有部分零件被溶化。

蕾菲亞他們表情抽搐，視線迅速掃過周圍。

這是個既長且大的縱穴。

深度超過十M，直徑大約七M吧。

整個洞穴以噁心的淡紅色肉壁構成，沒有任何能讓手腳攀爬的凹凸處。其外形讓人聯想到生物的體內，或是醜惡怪物的胃。就算先不管生物般的外觀，圓柱形構造完全就是個陷坑。

肉壁微微散發的光澤——淡紅色燐光照出了赤紅世界。

整個縱穴充斥的溫熱空氣與異味，讓兩人渾身冒汗。

「嗚……骨、骨頭!?」

聽見驚慌地環顧四周的貝爾發出叫聲，蕾菲亞也轉頭看向那邊，闖入視野的光景令她遮起了嘴。

盈滿洞穴底部的溶解液當中，躺著無數具骨骸。

不用想也知道，就是被這溶解液溶化之人的末路。

他們早已失去皮肉與內臟，只剩骨頭。掉落在一旁的是護胸等防具。仔細一看，周圍還立著劍與杖等各種武器，或是沉在溶解液底下。

「冒險者的遺骸……!?這裡究竟是……！」

數不清的白骨，好幾人份的屍骸，難道這些全都是冒險者嗎？

一部分骨頭與頭蓋骨還帶有被某種東西毆打破壞的傷痕，另外還有似乎屬於怪獸的爪子與獠牙（掉落道具）。

這裡是未經確認的迷宮陷阱（dungeon gimmick）？在安全樓層？連怪獸都遭受波及？

皮肉溶化的惡臭讓蕾菲亞一陣暈眩，正在混亂時……身旁的貝爾顫聲說了……

「蕾菲亞，小姐……上面。」

「咦？」

蕾菲亞被臉色蒼白的他引導著一抬頭……

只見一個慢慢從緊黏的肉壁上剝開身軀，撐起上半身的……巨大影子。

「──────」

就在緊閉著的蓋子根部。

仿造人形上半身的怪物，以上下顛倒的姿勢，俯視著目瞪口呆的蕾菲亞他們。

在這赤紅肉壁的世界當中，那是唯一的黃綠色。點綴胸部與腹部的，是濃豔刺眼的斑斕色彩。

雙臂部分化為又長又粗的兩條觸手──觸腕，垂掛著不停搖晃。腰部以下的長條下半身與肉壁完全化為一體，此時像蛇一樣蠢動。

頭部長著巨大眼球與中空頭冠般的器官，唯一的獨眼直接連接脖子，周圍被獅子鬃毛般的頭冠圍繞著。

比起種類繁多的怪物（怪獸）仍然特別怪異的噁心存在，就在那裡。

「新、新種……？」

少年顫抖的聲音，直接出自對未知怪物的動搖與恐懼。

「色彩斑斕的，怪獸……!!」

而在他的身邊，蕾菲亞明白了一切。

這個陷坑的真面目，就是跟那些食人花來自同一源頭的「色彩斑斕的怪獸」。

「汙穢仙精」生出的眷屬，整個縱穴就是一隻怪獸。

很可能是黑暗派系的殘黨設置的。

為了保護穿過那座水晶叢林的前方，存在的某種重大祕密——某種要地。

防止情報洩漏，抹殺所有目擊者的地底門衛（陷阱怪獸）。

就像此時的蕾菲亞他們一樣，發現黑暗派系殘黨，帶著好奇心跟蹤之人，或是迷路誤闖此地之人，所有冒險者都會被牠祕密處理掉，正可說是「森林守護者」。

沉入洞穴底部的無數骸骨——一無所知的冒險者們，都是被這怪獸獵食了。

「——」

瞪視蠢動的巨大獨眼，捕捉到了呆立原地的蕾菲亞與貝爾。

下個瞬間，地底門衛朝著他們高舉觸腕揮下。

「──!?──」

蕾菲亞與貝爾同時踢踹了地面。

甩出的巨大鞭子，連同溶解液在洞底中央爆發威力。

伴隨著驚人衝擊力，沉積底部的溶解液四處飛散。

「蕾菲亞小姐!?」

「別管我，擔心您自己吧！」

蕾菲亞用手臂護住眼睛不被飛濺的溶解液灑到，對貝爾吼回去。

濃金色長髮、白髮與戰鬥衣被飛沫灑到而冒出白煙，蕾菲亞他們勉強躲掉攻擊，但第二發鞭子已經來襲。

「!?」

震動再度掀起，這次換冒險者們的骨骸四分五裂，飛上半空。

蕾菲亞於千鈞一髮之際躲掉向自己打來的攻擊，承受到發生的風壓與衝擊力，頓覺心驚膽寒。

那強大威力恐怕足以與深層區域的大型級匹敵（怪獸），一旦選擇防禦擋下攻擊，蕾菲亞與貝爾必定都會粉身碎骨。而且兩條觸腕似乎伸縮自如，只要待在這個敵人的體內，就別想逃出射程範圍。

同時怪獸是從兩人的正上方施展攻擊，實在太難以應付了。

（有這種怪獸就表示……！）

蕾菲亞眼神銳利，緊盯光是上半身就有自己兩倍大的地底門衛。

設置了這種特異怪獸，就表示黑暗派系殘黨所前往的那個方向，有著必須設置門衛來保護、隱蔽的某種東西。

她無論如何都得回去，將這件事告訴芬恩他們。

（我得設法活著逃出去——不對！我得打倒那隻怪獸！）

畢竟狀況特殊，最好別妄想不用打倒頭頂上那隻怪獸就能安然脫身，更何況她根本想不出那種辦法。

最快的辦法，就是連同那個看了就不舒服的敵人本體，把關閉的出入口打個粉碎。

蕾菲亞握緊了右手的魔杖【森林淚滴】。

「————————!!」

地底門衛毫不留情地殺了過來。

頭部獨眼一刻不停息地蠢動，捕捉獵物的每個動作，揮舞兩條觸腕。

就像一直以來那樣，牠凶猛肆虐，欲對冒險者們處以死刑。

「呃！嗚嗚!?」

對於初次遭遇的怪獸的攻擊，貝爾拚命逃竄，完全亂了方寸。

敵人是連管理機構（公會）都未曾確認的新種怪獸，自己知識中所沒有的對手讓貝爾慌了手腳，無法好好應對。他像兔子一樣到處蹦跳，好不容易才從敵人的鞭子下死裡逃生。

雖說一直以來成長迅速，但貝爾・克朗尼絕非身經百戰的冒險者。

反而是急速成長的弊害──戰場經驗的不足，暴露出了他的脆弱。

所以，看到少年揮灑著大顆汗珠的模樣，蕾菲亞……

反倒能保持平靜。

──面對初次看見的對手，更要冷靜。

她回想起里維莉雅與艾絲他們【洛基眷族】前輩的教誨。

面對初次接觸的怪獸要收集情報，並設法應對。蕾菲亞在緊急狀態下，讓比起第一級冒險者還不成熟，但也是自己僅有的洞察力更加敏銳。

她閃躲攻擊，拚命壓抑震動的心跳聲，並以向來被譽為「森林射手」的精靈之瞳觀察敵人本體的身軀。

然後，她注視著瞪眼蠢動的巨大獨眼，猛然覺察到一點。

「跟著牠眼睛的動作！」

「欸!?」

「就是那個怪獸的眼球!!攻擊一定會打在牠的視線前方！」

蕾菲亞的指摘讓貝爾睜大眼睛，立即抬頭向上。

怪獸的醜陋巨眼正注視著兩人，少年凝視著暴露在外的眼球，接著在巨鞭揮出之前一個跳躍。

鞭子不偏不倚，直接擊中他原本的位置。

「成、成功了……！」

「敵人的武器只有那個鞭子！盯緊了！」

「好、好的！」

貝爾像預測未來般躲掉了攻擊，發出歡呼。蕾菲亞接連著提醒他，自己也用同樣方法躲閃打來的鞭子。

地底門衛的觸腕無論是威力還是速度都很嚇人，但攻擊本身十分單調。正如蕾菲亞所看穿的，只要按照敵人視線的動作預測位置，就躲得掉。

本來只能挨打的兩個冒險者，開始頑強地開出一條生路。

（再來就看我方如何進攻——如果是艾絲小姐的話，大概會踢著牆壁直接砍過去吧。）

非常容易想像。

她會連續踢踹牆壁，如逆升雷電般往上爬，「噗沙！」賞敵人本體一劍，結束。

蕾菲亞趕緊揮開一瞬間浮現的妄想。他們倆要是依樣畫葫蘆，還沒接近敵人就會被鞭子擊墜了。她叱責自己別胡思亂想，得切換意識才行。

「我找機會發射『魔法』！您試著砍傷牆壁看看！」

「我明白了！」

不久，以蕾菲亞的指示為軸心，兩人往反方向散開。她從裝備判斷少年沒有遠程武器，才會下此指示。

貝爾一邊鑽過打出的鞭子，一邊拔出漆黑匕首，猛力砍向淡紅色肉壁。剛烈的藍紫刀光割傷了敵人的體內。

——腳程真的很快。

蕾菲亞躲避敵人攻擊的同時，內心一隅不禁咋舌。

至今蕾菲亞追著貝爾跑過好幾次，已經深刻體會到了，他的「敏捷」的確出色。此時他砍開肉壁，又瞬時閃避進逼的鞭子，表演高速的打帶跑(hit and away)。

聽說貝爾才剛升上Lv.2，但他在聽到建言預測攻擊前，就已經成功躲開過敵人的鞭子，速度究竟是有多快啊。

回想起來，在遠征前做訓練時，艾絲也稱讚過貝爾的危機迴避能力。

對於弄到最後把少年捲進這種戰場，蕾菲亞感到內疚的同時，決定相信他，集中精神戰鬥。

（對方很可能跟食人花怪獸一樣……）

地底門衛的外觀，與「寶珠胎兒」寄生其他個體(怪獸)變成的女體型有點類似。不過牠八成跟那些食人花一樣，都只屬於尖兵一類吧。

在第50層與第18層交戰過的女體型擁有等同於樓層主的龐大身軀，其力量也達到Lv.5之上，這隻地底門衛差遠了。

包括屬於超大型級的身體規模在內，潛在能力(potential)推測大約Lv.4。

「!!」

眼看抓不到獵物，觸腕的動作更犀利了。

高舉揮下，橫掃，突刺。蕾菲亞與貝爾有驚無險地躲掉巨大鞭子的風暴，彷彿訴說著主人憾恨、立在洞穴底部的長劍、大戰斧與盾牌被一一吹飛。雖然很多武裝都被溶化，不過白金製與精製金屬（秘銀）的高等級武裝都還保有原形。

各色武具飛來，蕾菲亞也一一躲開，一直泡在溶解液裡的腳——還在冒著煙連鞋子一起溶解的雙腳讓她表情歪扭。疼痛不用說，身體的一部分慢慢消失的感覺實在難以形容。

唯一值得慶幸的是，這種溶解液必須花時間慢慢溶化抓到的獵物。

比起蠕蟲型——巨蟲怪獸的腐蝕液，威力低多了。不知道是不是因為這種巨大身軀的特異構造使然，獵食與追擊，縱穴與敵人本體的角色分擔相當明確。

或者這種怪獸其實還在成長當中——連續與怪人還有仙精分身等「強化種」交戰過的蕾菲亞，腦中不禁閃過這種討厭的想像。

「……！」

至於貝爾按照指示一再施展斬擊，但敵人的肉壁絲毫不受影響。

少年愛用的武器——漆黑匕首再怎麼砍殺分泌溶解液的牆壁，刀身都不會溶化，也沒有減損銳利光澤，只是持續刻出深深的斬擊痕跡。

但是，太厚了。

他砍不破壁面，敵人也沒發生變化。

明明傷到了敵人的體內，地底門衛卻好像不痛不癢。

（沒有效果……！）

瞥了一眼那幕光景，蕾菲亞咬著嘴唇。

她不期待打破現況，但至少希望能讓敵人的動作遲鈍點——希望找到可供「詠唱」的破綻，然而事情好像沒那麼順利。

這個縱穴果然是坑害冒險者用的「陷阱」，是困住獵物的「牢籠」。

要攻擊就只能挑將核心「魔石」隱藏在胸部內的敵人本體。

（問題是……！）

在「魔法」完成之前，能否持續躲避攻擊。

就算要進行「並行詠唱」，將一部分精神放在咒文上，會讓蕾菲亞的初步動作與反應速度降低不少。再怎麼能預測攻擊，也無法保證能完全應付掉那條又快又重的巨鞭。

處於退路有限的封閉空間內，也是一大痛處。

最重要的是——敵人是「色彩斑斕的怪獸」，十之八九會對「魔力」起反應。

一開始詠唱，現在分散到少年那邊的攻擊將會全數集中到自己身上。

最好的情況是跟貝爾聯手行動，但他們是臨時湊合的兩人小隊(two-man cell)，不太能夠期待。

對付這個對手，強迫Ｌｖ．２的第三級冒險者當前衛人牆(wall)本來就太過分了。

只能靠自己。

蕾菲亞下定決心，打算執行「並行詠唱」。

「——」

就在這時。

敵人揮動的觸腕，忽然靜止了。

蕾菲亞與貝爾都露出同樣詫異的表情，停下腳步，仰望地底門衛。

巨大獨眼骨碌碌地響，輪流著捕捉到蕾菲亞他們。

敵人本體維持著上下顛倒的姿勢，迅速俯視著獵物，下個瞬間。

頭冠型器官發出藍光。

「咦——？」

發出的光芒，讓貝爾低喃了一聲，蕾菲亞也不禁停住了動作。

那是某種「攻擊」的徵兆。當產生此種直覺時，為時已晚。

圍繞獨眼的藍色頭冠，放出奪命高周波。

「啊啊啊————!!」

名符其實地震耳欲聾的噪音蹂躪，使得蕾菲亞他們眼睛睜到最大，發出尖叫。

「「～～～～!?」」

就跟黑蝙蝠（邪惡蝙蝠）與歌人鳥（賽蓮）發出的頻率一樣，是能夠束縛冒險者動作的「怪音波」。

然而其功率輸出卻與一般怪獸有著一線之隔，強到超乎標準。

足以令高級冒險者昏倒的破壞力，瞬間奪去了兩人的行動能力。

不像這世界該有的「怪音波」，讓蕾菲亞與貝爾差點失去平衡感，膝蓋一彎。

「!!」

而敵人沒錯過這個破綻。

牠做好萬全準備，朝著獵物刺出伺機而動的觸腕。

「────」

被盯上的，是貝爾。

在模糊不清的視野中，蕾菲亞停住了呼吸，少年面對急速逼近的巨鞭而凍結。

相較於推測可匹敵Lv.4的怪獸，貝爾是Lv.2。

直接擊中代表著死亡。

一擊必殺。

蕾菲亞使盡力氣震動喉嚨：

「快逃!!」

少年的身體嘗試緊急閃避，但來不及。

面對扯破空氣逼迫而來的兩條觸腕，貝爾踢踹地面──撲向立在洞穴底部的一件武具。

──盾牌！

那是遭到獵食的冒險者們的遺物，蕾菲亞瞠目而視，只見他把白金大盾一把抓來，一邊急速飛過半空，一邊將盾牌擋到鞭子前面。

說時遲那時快。

彷彿炸藥爆炸般的轟然巨響引爆，貝爾的身體像彈丸般吹飛。

「呃啊!?」

他被橫著打飛。

貝爾隔著盾牌被強得離譜的衝擊力毆打，直接惡狠狠撞上肉壁。

也許是反作用力讓漸漸癒合的傷口開了，頭部噴灑出鮮紅血液。很快地，他的背部就從激烈撞上的牆壁剝落，發出啪沙一聲摔進溶解液的池子裡。

他肌膚被溶化，冒著白煙不動了。

「……」

地底門衛解除來自光冠的「怪音波」。

接著牠將觸腕當成一把長槍，使出致命一擊。

然而。

「——【解放一束光芒，聖木的弓身】!!」

她引吭高歌。

為了讓攻擊矛頭從貝爾轉向自己，蕾菲亞斷然進行了詠唱。

魔法陣（magic circle）有如誇示自己的存在般展開，水面下擴散的濃金色光輝搖曳升騰。

瞬時間，擊出的長槍軌道變了。

地底門衛一轉身，將攻擊目標從貝爾轉為蕾菲亞。

「【汝乃弓箭名手】！」

「!!」

面對進逼而來的雙鞭、怒吼的敵人攻擊，蕾菲亞一邊歌唱一邊疾馳。

在有限空間中賭命進行「並行詠唱」——控制著「魔力」的韁繩，蕾菲亞隨著歌聲起舞。

「【狙擊吧，精靈射手——】」

觸腕破空的風壓一再毆打身體，戰鬥衣被劃破。蕾菲亞拚命逃跑，但目光仍緊盯敵人的獨眼。

她依靠用四肢學會、記住的同胞（菲兒蕨絲）教誨，捨棄攻擊與防禦，全力灌注在預測閃避與詠唱上。

蕾菲亞全身彷彿從體內失控般過熱，揮汗如雨。

「！」

眼看精靈少女帶著手中魔杖一邊持續編織咒文，一邊連續以毫釐之差躲掉攻擊，地底門衛的頭部動了。

冠狀器官發出藍色閃光。

「啊啊————!!」

「【！——射穿吧！必中之箭——】!!」

面對敵人再度使出的「怪音波」，蕾菲亞大聲演奏咒文做為對抗。

蕾菲亞歪扭著臉咆哮，完成了詠唱，然而——本來已經躲掉的鞭子像蛇一般描繪曲線，纏住了她的左手腕。

（糟——!?）

她整個身體立刻連同左臂被吊上半空，一口氣砸向牆壁。

「啊!?」

背部遭到痛擊，呼吸硬是從肺部被扯出。

詠唱中斷，腳下的魔法陣也消失了。

蕾菲亞維持著被砸在肉壁上的姿勢懸在半空中，地底門衛扭動著另一條觸腕，冷酷無情地高舉揮下。

（啊——）

填滿整個視野進逼的巨大鞭子，使蕾菲亞腦中一片空白。

如走馬燈般掠過腦中的，是對抗食人花保護自己的金銀光芒——金髮金眼的劍士。

下個瞬間。

「——去你……的——————————————————!!」

白色人影飛馳而過。

「!?」

影子一直線撲向想打爛蕾菲亞的觸腕。

白色人影——貝爾從側面衝向鞭子軌道，高舉雙手裝備的大戰斧，使盡渾身力氣劈砍而下。

雙方激烈衝突。

「!?」

巨鞭從側面被彈開，角度歪了，打中蕾菲亞的身旁近處。

近在身邊傳來的衝擊與震動，再加上撿回了一條命，讓蕾菲亞正倒抽一口氣時，著地的貝爾緊接著一個跳躍，再度揮動斧頭。

大刀刃陷進束縛蕾菲亞手腕的觸腕，使其噴血，就這樣硬是斬斷了前端部位。

「……您、您怎麼……!?」

解除了枷鎖落入洞穴底部的蕾菲亞，抬頭看向眼前的少年。

他背朝蕾菲亞，像保護她免於敵人魔手。

溶解的全身肌膚冒著縷縷白煙，他裝備著精製金屬的大戰斧——無名矮人的遺物。

滴淌的鮮血將那背影弄得赤紅，貝爾緊盯頭頂上方的敵人。

「!!」

地底門衛右觸腕的前端被砍斷，搖晃著身子，用布滿血絲的獨眼瞪著下方。

牠讓頭冠發光，決定這次一定要奪走對手性命。

糟糕！蕾菲亞在心中大叫時，「怪音波」就要發射。

然而，貝爾揚起右手，不讓牠得逞。

「【火焰閃電】!!」

然後，吼出了炮聲。

猩紅雷電轟鳴，不對，那是閃電形的火焰。

眼前光景讓蕾菲亞的時間為之暫停，這當中快過一切的炎雷轉瞬間衝往頭頂上方——不允許「怪音波」發動，在光冠上炸裂。

「～～～～～～～～～～!?」

接連打上空中的炎雷，共有九發。

連射的「魔法」全彈命中，地底門衛的光冠起火燃燒。

頭部的器官各處都被焚毀，失去施放高頻音波的手段。

（無——無詠唱!?）

前所未見，也不存在於知識中的「魔法」嚇倒了蕾菲亞。

無視（即時）詠唱，「速攻魔法」。

炎雷的速射炮——令人不敢置信的「魔法」連射。

——太離譜了吧!?

身為魔導士的蕾菲亞差點忘了時間與場合鬼吼鬼叫。

「蕾菲亞小姐，咒文!!」

少年氣喘吁吁地吼叫。

本來愣住的蕾菲亞也猛一抬頭，只見色彩斑斕的怪獸揮開了大量火星。

還在焚燒光冠的火焰讓牠痛苦掙扎，憤怒的眼神投注在蕾菲亞他們身上。

面對殺意高漲的地底門衛，貝爾擺好架式。

他言外之意在告訴蕾菲亞，自己的魔法火力再怎麼連發也無法打倒敵人，而為了保護魔導士（您），自己會想盡辦法爭取時間，那背影顯示出了強烈意志。

用了盾牌的手指骨頭悽慘地碎裂，渾身是傷，但仍然握緊了大戰斧。

「……我討厭您。」

小聲地。

蕾菲亞低喃道。

明明Ｌｖ．比自己低還耍帥。

還會用那麼奸詐的「魔法」。

不懂分寸地獨占艾絲，還讓艾絲照顧他。

可是。

「不過，我相信您。」

他是冒險者。

而自己是——魔導士。

蕾菲亞相信了那轉頭朝向自己的深紅眼瞳。

「——我要開始了。」

她舉起魔杖〖森林淚滴〗，展開特大魔法陣。

「——————————————!!」

受到蕾菲亞的龐大「魔力」吸引，地底門衛有了動作。

這是第一次也是最後一次攻防。

少年舉起大戰斧，少女吟唱詩歌。

「【解放一束光芒，聖木的弓身】。」

配合蕾菲亞踢踹地面開始「並行詠唱」的動作，兩條觸腕展開追逐。

巨大鞭子意圖破壞她那纖柔身子，但貝爾預測其行動後急速奔馳逼近，從側面將其打落。

他咬緊牙關，鞭策全身，一一加以迎擊。

「【汝乃弓箭名手】。」

地底門衛犯下了一個失誤。

不對，是不慎暴露出牠的特性造成的缺點。

那就是在任何狀況下都會對「魔力」起反應的性質。

牠的矛頭如果不是指向蕾菲亞，而是最先對準傷痕累累的貝爾，他一定早已迎接悲慘下場，怪獸也能輕易捻碎失去冒險者肉盾的魔導士少女。

然而理應受到前衛人牆保護的蕾菲亞，又以「並行詠唱」同時擔任誘餌，給了貝爾十全發揮「技巧」的機會。

換句話說，就是受到【劍姬】嚴格指導，從側面彈開敵人攻擊的防禦方法。

本來出於潛在能力的差距，貝爾是不能從正面防禦攻擊的；但蕾菲亞這個誘餌(decoy)引開了觸腕，使得貝爾能擦過觸腕側面，將其打落。貝爾活用自己的飛毛腿，以大戰斧一次又一次錯開攻擊軌道。

這也是有蕾菲亞兼具閃避行動的「並行詠唱」才能辦到。

蕾菲亞與貝爾，師事同一名少女的兩人的努力與成果交相結合，在困境中開花結果。

「【狙擊吧，精靈射手——】」

短文詠唱穿梭於短暫攻防之間。

迎接終曲一口氣精煉起來的「魔力」規模，似乎使得地底門衛不寒而慄，刺出卯足全力的一擊。

面對交叉射出的兩條觸腕，貝爾不讓敵人得逞，帶著大戰斧突擊。

「嗚!?」

即使已經從側面敲擊，貝爾仍不敵衝擊力道，身體被震飛，精製金屬的斧頭描繪著拋物線飛上空中。
然而，擋住了。
方向偏移的一擊掠過少女的濃金色長髮，狠狠撞到上方的肉壁。
發生的震動搖晃了整個洞穴時，蕾菲亞高亢唱出強而有力的歌聲。
「【──射穿吧，必中之箭】！」
詠唱完成。
下個瞬間，蕾菲亞一躍來到縱穴中央，也就是地底門衛的正下方，雙手握著魔杖往頭頂上刺出。
赤紅世界被濃金色染成鮮明強烈的色彩。
她將大朵魔法陣擴展到整個區域，唱出魔法名稱。
「【靈弓光箭】!!」
光之炮擊發射。
大閃光往正上方猛衝。
眼看光柱向前衝來，怪獸情急之下拉回觸腕，岔進光柱的前進路線，想把它打掉，但只是白費力氣。

觸腕被打散了。

裝填了極大精神力的炮擊貫穿一對鞭子，直接擊中敵人本體——地底門衛。

「～～～～～～～～～～～～～～～～～～～～～～～～～～～～～～～～～～!?」

與縱穴化為一體，如蛇一般的下半身彎曲了，敵人本體連同大閃光以驚人之勢飛上空中。

震耳欲聾的爆炸聲隆隆作響，狠狠撞上緊閉的蓋子。

然而——「森林守護者」不讓光之柱離開陷阱。

「擋下了!?」

敵人的上半身張開失去觸手的雙臂，擋住了單射魔法（靈弓光箭）；紅彤肉蓋受到強光暴威壓迫，每分每秒都在撕裂，但終究沒被打破。大閃光被強壓住，無法突破蓋子。

視線前方的光景令蕾菲亞驚愕萬分。

特異的怪獸，獵食與迎擊的角色分擔。

困住冒險者的「牢籠」。

使體內不被打破的構造。

特化的魔法抗性——

腦中閃過許多對地底門衛這個敵人屬性的揣測。

然而，管他那麼多！蕾菲亞橫眉豎目，打算強行撂倒對手。

炮擊與怪物之間勢均力敵，噴灑出光之飛沫。

敵人本體承受「魔法」的黃綠皮膚被燒傷，怪獸的尖叫也被閃光的咆嘯蓋過。筆直伸出的〖森林淚滴〗前端部分的魔寶石發出藍白光輝，與精靈追加灌注的精神力產生共鳴。

蕾菲亞正要提升炮擊輸出的力量時——被閃光餘波燒爛的巨大獨眼，彷彿滿懷怨念般瞪向她。

緊接著，整個縱穴鳴動了。

「什麼……!?」

肉壁隆起了。

簡直就像接二連三長出腫瘤似的，四面牆壁發出啵摳啵摳的醜怪聲音膨脹起來，逼向站在中央的蕾菲亞，盈滿洞底的溶解液掀起浪潮湧向腳邊。

——想壓爛我們!?

怪獸領悟到較勁落敗只是時間早晚的問題，於是讓體內組織失控，打算帶著兩人陪葬。

牠要跟縱穴一起自我崩壞，壓死兩人。

蕾菲亞察覺了對手的企圖，全身焦急地發熱。她擠出渾身力氣想以「魔法」射穿敵人，但怪獸發出毀滅與崩壞的怒吼，把大閃光擋了回來。

肉壁進逼，冒險者的遺骨被逐漸吞沒。

蕾菲亞的臉像產生裂紋般歪扭。

這時。

鈴，鈴。

「——咦？」

弄錯場合的鐘聲（chime），傳進蕾菲亞的耳朵。

她像受到吸引般轉頭一看，只見負傷的少年，正試著站起來。

同時，他的右手匯集著純白光粒。

「……!!」

他拖著被怪獸打飛的身體，徒步渡過水位高到膝蓋的溶解液，走向愕怔的蕾菲亞身邊。

他站到還在持續施放炮擊的少女身旁，將纏繞光粒的右手伸向天空。

「我要，出招了……！」

他咬緊牙關，用左手抓住右手腕。

看到貝爾固定了炮身，蕾菲亞睜大眼睛，隨即抬頭向上。

她與少年一同定睛瞪視敵人——決不認輸——讓全身的「魔力」爆發。

少女的大閃光更加耀眼。

而少年的白光不斷匯聚。

二十秒的鐘聲（sound bell）。

接著，少年扣下了扳機。

「【火焰閃電】。」

純白的咆哮放出。

「————————」

白色光粒鑲邊的大炎雷。

與少女並肩解放的第二發炮擊，將地底門衛全身染成白色。

與閃光重疊的烈焰雷擊在那身軀上炸裂的瞬間，怪獸連同緊閉的縱穴蓋子，一起粉碎了。

火力將怪獸炸得不留痕跡。

「！」

炮擊咆嘯連怪物的臨死慘叫一併消滅，光與雷電之柱刺進天空。

其威力炸碎地面，甚至射穿森林屋頂，水晶夜空闖進蕾菲亞的視野。出口開了。

同時，失去寄生於大地的縱穴（怪獸），岩盤一口氣塌陷。

抱住終於用盡力氣的少年身體，蕾菲亞猛地一蹲，高高跳起。

她憑著Ｌｖ．3的腳力跳上頭頂高空，一度踹飛崩落的岩石，脫身回到「迷宮樂園」。

「喂！那是什麼啊——!?」

「炮擊魔法!?」

突如其來出現的光之奔流，驚動了待在第18層的所有人。

燦爛光柱刺進上空，從中央樹高聳的大草原，或是蓋在湖畔島嶼上的旅店城鎮（里維拉），還有【洛基眷族】的露營地都能看見那幕光景。

吃完晚飯的【洛基眷族】團員們縱身一跳，以蒂奧娜與蒂奧涅為首，跳到樹上大叫。

交纏的閃光與白光在正上方天頂水晶的一角炸裂，演奏出爆炸聲，緊接著就聽見怪獸的嘎嘎叫聲迴盪。

「森林深處……樓層東方？那種地方怎麼會……」

「欸，該不會是……蕾菲亞吧？」

聽到蒂奧涅的低語，蒂奧娜從樹上俯視下方。

走出帳棚的芬恩等派系幹部看著光柱瞇細眼睛，低階團員議論紛紛，赫斯緹雅等人啞然無語；露營地裡的每一幕景象當中，都不見蕾菲亞的身影。

驚人的炮擊輸出也讓人聯想到她的「魔法」。

蒂奧娜她們第一個就想到從剛才就跟白髮少年一起消失的精靈晚輩。

「！」

在這當中，艾絲一個人衝出了露營地。

「啊！艾絲——!?」

她轉瞬間就把蒂奧娜她們的呼喚聲拋在身後。

光柱已然消失，取而代之地，水晶碎片化為藍色光輝灑落下來。

艾絲帶著劍，奔往水晶碎片如冰晶飄落的地點——樓層東端。

龐大煙塵瀰漫四周。

彷彿地雷爆碎的光景在大森林一角鋪展開來。

如巨石圈般立在草地上的水晶柱帶著裂痕，有的斜傾有的倒塌，描述了爆炸的強大衝擊。正上方枝葉覆蓋的森林華蓋開出了個巨大又漂亮的圓洞，天頂水晶的無數碎片從那裡啪啦啪啦地灑下。

「哈啊！哈啊……！喂，您還好嗎!?」

「……還、還好……」

沐浴著蒼然閃耀、彷彿細雪的水晶片，蕾菲亞呼喚著與自己肩靠肩的少年。

兩人千鈞一髮逃出消滅的怪獸體內，跪在崩塌縱穴附近的草地上。比起上氣不接下氣但還有剩餘體力的蕾菲亞，貝爾露出一副疲憊不堪的模樣。

就像支付了最後炮擊的代價，他的身體失去了力量。再加上頭部的出血與被溶解液燒焦的皮膚等等，身上本來就滿是損傷。只有襯衣型的火精護布沒什麼溶解痕跡，還好好的。

想到放了靈藥(potion)的隨身包被自己留在露營地，蕾菲亞心裡著急，扶著貝爾的肩膀想離開現場。

「這是怎麼回事!?」

這時，響起了一陣叫聲。

吃驚的蕾菲亞回頭一看，只見森林深處，男人們正從樓層東端的峭壁方向跑來。他們穿戴著大型長袍、護額與一路遮到嘴巴的頭巾，正是蕾菲亞他們剛才追蹤的黑暗派系殘黨。

在毀壞殆盡的水晶叢林裡，看到受傷的蕾菲亞與貝爾，兩名殘黨大驚失色。

「【千之精靈】……【洛基眷族】!?」

「她打倒巨報蔓(venenthes)了嗎!?」

看到蕾菲亞的臉，黑暗派系的殘黨認出了她的身分，同時立刻明白這兩人追蹤著他們，落入陷阱，然後擊敗了地底門衛。

隔著遮臉布都能看出男人們臉孔扭曲，恨恨地咬牙切齒。

「可惡……!?叫出食人花(violas)！」

兩人之中體格較好的男人叫道，另一人立刻衝向旁邊的樹叢。

蕾菲亞焦急地冒汗，心想事情不妙，貝爾也察覺到狀況的嚴重性而咬緊牙關。她想跟貝爾一起逃出此地，但就像在嘲笑他們一樣，用不了多久……

男人消失的樹叢深處，很快就出現一條條的黃綠色長蛇，拖著身軀爬向兩人。

「……!?」

牢籠開啟的金屬聲陸續響起，食人花怪獸接連出現。轉眼間周圍就被包圍，蕾菲亞與貝爾都臉色鐵青。

數量很多，少說恐怕也有十隻。

像蛇一般出現的怪獸們，用牠們的長條身軀堵住退路，揚起脖子。

「在這裡受死吧，冒險者們！」

黑暗派系殘黨逃離現場以免遭受波及時，怪獸群原本緊閉的花苞一齊綻放，暴露出濃豔刺眼的斑斕花瓣以及醜惡大顎。

從尖牙滴落的大量黏液，滴滴答答地落在草地的水晶上。

「嗚……!?」

經過與地底門衛的一場戰鬥，蕾菲亞也消耗了不少力量，更糟的是身邊還有難以動彈的貝爾。狀況糟透了，至少糟到讓腦中閃過「窮途末路」四個字。

貝爾是被無故波及的，她想最起碼也要讓他逃走。

蕾菲亞做好同歸於盡的覺悟，打算對付食人花群。

面對隨時準備撲向獵物的食人花群，以及逐漸縮窄的包圍網，蕾菲亞扶著貝爾，握緊愛用的魔杖。

「——喔喔喔喔喔喔喔喔喔喔喔喔喔喔喔喔喔喔喔喔!!」

而當破鑼吼叫轟然響起之後。

一陣風以驚人之勢介入戰場。
「嘎!?」
「——咦?」
一隻正要撲向蕾菲亞他們的食人花頭部被橫著打飛,撞上其他食人花橫倒在地。
衝擊力道與轟然巨響層層重疊,眼前的光景令準備迎戰的蕾菲亞與貝爾呆若木雞時,賞給怪獸強烈一擊的強襲者降落草地。
——艾絲小姐?
蕾菲亞一瞬間想起了憧憬的少女,眼中映照出的——是隨風搖曳的長斗篷。
「聽見危險的吵鬧聲跑來一看……新種的怪獸嗎?」
右手拎著的長木刀,單薄的戰鬥衣。
然後是深深壓低連衣帽隱藏的相貌。
背對兩人保護他們的冒險者,讓蕾菲亞的雙眸染上驚愕之色。
記得她是昨晚搜索隊裡的一位——
「——蒙面的,冒險者?」
蕾菲亞瞠目而視,身旁的貝爾也發出沙啞低喃:
「琉,小姐……」
瀟灑趕到的僅僅一名援軍,阻擋在食人花群面前。

一次砍飛對方好幾條長長身軀的木刀，帶著殲滅的意志一揮，嗡嗡作響。

「精靈，妳跟克朗尼先生一起待在那裡。」

「好、好的!?」

聽到從眼前背影發出的凜然嗓音，蕾菲亞一點頭的瞬間，起風了。

「咚！」一聲踢踹草地的銳利聲響後，那身影忽地消失──吹飛了正面的個體。

跟剛才的光景完全一致，她只用一把木刀橫掃，就砍倒了以巨大身軀為傲的食人花。滑過鼓膜的暢快聲響讓蕾菲亞還來不及瞠目，蒙面冒險者直接描繪一個大圈，驅散包圍四周的怪獸。

試圖圍繞少年與少女的敵群，一口氣被逼退。

（好、好快……!?）

宛如疾風的動作令蕾菲亞僵在原地。

連Lv．3的動態視力都追不上，痛苦掙扎的食人花們擊出無數觸手，但蒙面冒險者迅速鑽過它們，再度給予強烈的一擊。怪獸的長條身軀被打得撞上剩下的水晶柱。

過快的速度與銳利連擊，讓她跟貝爾都不禁戰慄。

「怎……!?」

這點黑暗派系的殘黨也是一樣。

他們本來應該在遠處目睹虐殺光景到最後一刻，然而單方面占絕對優勢的戰鬥令他們驚叫出聲。

「……這是……」

蒙面冒險者本來展開著壓倒性的攻勢，但看到食人花如何被打飛都會發出憤怒吼叫爬起來，低喃了一聲。

她從木刀傳來的表皮觸感，似乎注意到棘手的堅硬度了，再怎麼使力也砍不壞的硬皮反而讓她表示驚嘆。

蕾菲亞猛一回神，趕緊出聲喊道：

「打、打擊對那種怪獸沒用！斬擊比較有效！」

一瞬間從連衣帽露出的同胞(精靈)耳朵，以及有如劍姬(艾絲)的激烈高速戰鬥奪去了蕾菲亞的目光，但她仍然將自己知道的情報拋給對方。

「還有，牠會對『魔力』起反應！」

就在下一刻。

左手裝備起小太刀殺退觸手的冒險者，瞇細天藍色眼眸——開始詠唱了。

「【——如今遠去的森林穹蒼。無窮夜天鑲嵌的無限星斗】。」

「並行詠唱」。

蕾菲亞的眼眸睜大到極限。

多達十隻的食人花一齊受到升高的「魔力」吸引，咆哮與觸手交相飛舞。蒙面冒險者將這一切統統躲掉、砍斷、彈回，持續著疾速奔馳，讓高亢歌聲響徹戰場。

「【回應愚昧如我的聲音，再度賜我星火加護。予棄汝而去者光明慈悲】。」

攻擊、移動、閃避、詠唱。若將防禦也算進去，就是高速而出色地同時展開五種行動。最令人驚駭的是，她明明正在詠唱，其壓倒性的攻擊速度卻絲毫不見降低。

蕾菲亞受到強大無比的震撼。

這令她想起「魔法劍士」菲兒葳絲的模樣。然而不同於運用超短文詠唱型「魔法」的她，此時此刻演奏的是長文詠唱。雖然不至於展開魔法陣，但即將施放的不會錯，是高火力的「炮擊」。

「並行詠唱」的使用者與「魔法劍士」。

人們認為明確區別這兩者的是「魔法」的威力。如果用更普遍的一般論來說，就是魔法陣的有無。

相較於前者主要出身於將「魔法」視為一種武器運用的前衛中衛，後者指的是特化「魔法」到能習得「魔導（發展能力）」，可單獨在前線作戰的一群人——若要將蕾菲亞與里維莉雅等人做分類，就是習得了「並行詠唱」的後衛魔導士，也就是移動炮台——

因此嚴格來說，那位蒙面冒險者不是「魔法劍士」。

是跟蕾菲亞等後衛職業出身之人根本上就有所不同的存在——精靈戰士。

（比菲兒葳絲小姐，或是里、里維莉雅大人更……!?）

蒙面冒險者的「並行詠唱」之精確度，遠比身為純粹後衛魔導士的里維莉雅更銳利、迅捷而激烈。

不，不對，她是比那位都市最強魔導士更習慣於歌唱。

差只差在單純使用「並行詠唱」的次數。

彷彿在激戰的最前線，不受任何人保護下無數次編織「並行詠唱」般，又像至今一次次帶來勝利之歌般，她揮舞刀刃，嘴唇輕吐慷慨激烈的歌聲。

「【來吧，漂泊的風，流浪的旅人】。」

即使與【劍姬】有幾分神似，蒙面冒險者與她之間卻存在著決定性差異。

就是不只肉搏戰，還能一瞬間殲滅大群敵人的魔法火力。

這種前衛職業不該有的「魔力」規模與詠唱量，能與高階魔導士的炮擊匹敵。

簡直就像自己（蕾菲亞）與艾絲組合而成，特別強化速度的高速移動炮台。

「【飛越天空，奔馳荒野，以勝過萬物的速度疾行】——」

看著將所有敵人集中到自己身邊仍游刃有餘的精靈戰士，連第一級冒險者都要目瞪口呆的「並行詠唱」使用者，蕾菲亞啞然無語。

她宛如一陣風般歌詠起舞的模樣，連貝爾也看得入神。

「【——蘊含群星光輝征討敵人】！」

很快地，詠唱宣告完成。

同時蒙面冒險者跳向後方，與敵人大幅拉開距離。

她以右手握著的木刀朝向大群食人花，在自己周圍召喚出無數大光球。

「【光明之風】!!」

纏繞綠風的群星魔法發動。

那跟蕾菲亞擁有的一張底牌屬於同種魔法，相較於以彈丸總數取勝的齊射炮擊（齊射火標槍），她的廣域攻擊魔法每一發炮彈的規模更強。

對蒙面冒險者窮追不捨的食人花群，被大光球的齊發炮火吞沒。

「————————啊啊!?」

數不盡的炸裂聲掀起。

食人花群中被「魔法」命中的，身軀被挖出個洞，在光芒中破碎，花瓣與觸手被炸得不留痕跡。

太過強大的威力讓「色彩斑斕的魔石」無一例外地爆碎，怪獸們的肉體全化為塵土。

炮擊造成的鳴動，堆積如山的怪物屍骸，以及升騰的灰粉煙塵……視線前方形成的光景，令蕾菲亞與她攙扶的貝爾臉部痙攣。

「……有點，做得太過火了。」

蒙面冒險者說著這種話，瞥了一眼某個方向。

天藍色眼眸朝向森林深處，只見躲起來的黑暗派系殘黨已經慌忙逃逸。

看來對方已無意再使什麼手段，戰鬥結束了。

讓斗篷隨著掀起的風飄曳，她將小太刀與木刀收進吊劍帶。

不久，她踏響遮住半條優美腿部曲線的長靴，直直走向蕾菲亞他們。

「啊……謝、謝謝您救了我們……所以，您、您是……？」

「之後再回答問題，先做治療吧。」

看到同族冒險者來到自己眼前，蕾菲亞慌張地開口，但對方看了他們的身體，要她先別追問。

貝爾不用說，蕾菲亞身上也有明顯外傷。

蒙面冒險者照她所說，立刻開始治療。

她先讓貝爾當場坐下，至於乖乖聽話的少年，看蕾菲亞也在場，似乎不知道能不能呼喚隱藏真面目的她的名字，欲言又止。

「那、那個……」

「請不要動，克朗尼先生。」

蒙面冒險者單膝跪地，右手輕輕靠近貝爾的臉。

「【如今遠去的森林之歌。懷念的生命曲調】。」

然後，她唱誦出跟剛才不同種類的咒文。

「【請賜與求取汝者療癒的慈悲】。」

蕾菲亞與貝爾，都露出不敢置信的表情。

「【諾亞治癒】。」

正如他們所料，對方使用了「回復魔法」。

有如樹間灑落的陽光般，暖光花費一點時間，慢慢治好了貝爾頭部的裂傷與臉上的擦傷。

蒙面冒險者將暖光聚集的手掌，依序對準少年身上被溶解液燒爛的皮膚與跌打損傷的部位等等。

「您、您會使用回復魔法……？」

「是的，只是不像靈藥有即效性，因此使用場合有限。」

消耗的精神力比起剛才的攻擊魔法效率也較差，更不用說跟治療師比。蒙面冒險者如此回答貝爾的詢問。

目睹對方無論是身為冒險者還是魔法種族（精靈）都無所不能，只會炮擊……更正，火力特化的蕾菲亞各方面自信都差點一蹶不振，不過當少年結束後，自己也請她做了治療。

兩人身上的外傷消失，遭到溶解的皮膚也完全復原。

貝爾還向她分到了一點魔法靈藥（magic potion），搖搖晃晃腳步不穩，但仍然靠自己站了起來。

蕾菲亞重新面對蒙面冒險者，心想這次要問個清楚，然而……

「好了，克朗尼先生……雖不知道您有什麼隱情，但這次我實在有點失望。」

「嗚……」

對方這位精靈，對他投以近似責難的眼光。

連衣帽底下瞇細的天藍色眼眸，讓貝爾畏縮了。

「如果我沒記錯的話，我才剛剛將在森林裡迷路的您，送回露營地不是嗎？」

「對、對不起……！」

「我應該告訴過您，入夜的森林是很危險的。」

蒙面冒險者就像在說教，責怪貝爾在森林裡徘徊還差點丟掉性命。再加上貝爾縮著肩膀低垂著頭，整個看起來就像被鄰家大姊姊罵的少年。

一眼就能看出上下關係。

「請、請等一下！」

這時。

蕾菲亞急忙走上前去。

「是我害的，全部，都是我害的……是我害這個人遭到波及。」

「……」

「他沒做錯事……所以，請您別誤會他，這位同胞。」

蕾菲亞幫貝爾說話了。

不理會驚訝的少年，她與閉口不語的同族女性四目交接。

猶豫了半天後，蕾菲亞擠出聲音，清楚地告訴她：

「……是他救了我。」

把貝爾捲進黑暗派系的爭端一事自不待言，與地底門衛的戰鬥要不是有貝爾在，情況將會相當危險。

雖然蕾菲亞心裡的確不想讚賞少年……但還是很感謝他保護了自己。

強忍住想咕呶呶呶地呻吟的衝動，蕾菲亞承認自己的過錯，告訴對方不該責備少年。

靜靜聽她解釋的蒙面冒險者，發出「呵」一聲。

她在連衣帽底下，的確微笑了。

「能遇見像妳這樣的同胞，我很高興。」

看到眼前精靈完全不像精靈，能夠違反自己的尊嚴（驕傲）承認過錯，她的語氣流露出喜悅。

這番應該是發自內心的喜悅之詞，使蕾菲亞不禁染紅了雙頰。

同族女性重新轉向貝爾，稍微低頭致歉。

「非常抱歉，克朗尼先生，我太心急了。」

「不、不會……我也有錯。」

蒙面冒險者道歉，貝爾一隻手放在頭上。

看到誤會冰釋，蕾菲亞放了心……同時又覺得這個聲音與舉止，好像在哪裡看過或聽過……具體來說是在某家酒館……她對蒙面冒險者產生了如鯁在喉的疑問，而且越來越大。

就在她一個人抱頭苦思時——發出踢踹樹木的聲音，金髮金眼的少女從頭頂上現身了。

「蕾菲亞！」

「艾絲小姐!?」

艾絲在離三人較遠處「咚！」一聲著地，讓蕾菲亞轉頭看去。

看到驚訝的蕾菲亞與貝爾平安無事，艾絲露出鬆了口氣的表情，隨即注意到蒙面冒險者的存在。

「【劍姬】……」

蒙面冒險者也輕聲說出艾絲的綽號，以連衣帽遮起自己的臉。

她好像還注意到跟著艾絲往這邊過來的氣息，踢踹著草地後退，離開了發出「「啊」」一聲的蕾菲亞等人。

「只要有她在，應該不會有問題了。我還有些事想確認，先走一步。」

蒙面冒險者對兩人說道，又說「失陪了」，就往艾絲前來的反方向離去。

蕾菲亞、貝爾與艾絲都默默目送她消失在森林裡。

「你們倆都還好嗎？發生了……什麼事對吧？」

不久，艾絲走到兩人身邊，看到兩人一身破爛，關心地問道。

對了！蕾菲亞正要解釋他們在這裡看到、聽到的事物時。

「里維莉雅，她們在這裡！」

「阿爾戈小英雄也在喔——！」

蒂奧涅與蒂奧娜來到了現場。

她們像艾絲一樣從樹上跳著過來，蕾菲亞向三人說出事情經過與自己的推測。當然，她們請貝爾離遠一點，以免他這個局外人聽見。

當晚一步抵達的里維莉雅現身時，艾絲她們已經聽完整件事，面露嚴肅表情。

「……事情我明白了，這裡就交給我們跟里維莉雅調查，蕾菲亞，你們先回營地，艾絲妳送他們倆回去。」

「咦……請、請等一下，蒂奧涅小姐!?」

蕾菲亞正要說自己在這裡親眼看到一切，志願加入調查，但蒂奧涅制止她繼續說下去。

「乖乖聽話，只有妳才能跟留在營地的團長說明詳細情報。對不對，里維莉雅？」

「是啊，依據情報內容，芬恩會派出其他團員，能越早通知他越好。」

「嗚……」

帶著白銀長杖走來的里維莉雅也苦口婆心地勸著，蕾菲亞無法反駁。

好像要補上最後一記，抱著大雙刃的蒂奧娜還笑咪咪地說：

「再說蕾菲亞跟阿爾戈小英雄都破破爛爛的耶，不要勉強，趕快去休息比較好喔。」

這樣阿爾戈小英雄很可憐耶。這句話讓蕾菲亞猛一回神，轉頭看去。

佇立在較遠位置的貝爾，雖說傷口已經癒合，但難掩疲勞之色。從他忍耐的臉色上，可隱約看出治療魔法與靈藥都無法治癒的戰鬥——恐怕是最後那發炮擊的——後遺症。

只顧著把少年牽扯進來，然後說聲「我還有事要辦」就走人……這樣的確有點過意不去。不是合理性的問題，而是關係到身為一名精靈的品格。

蕾菲亞覺得不好意思，「是……」老實地點頭了。

「艾絲，拜託妳了。」

「知道了。」

從里維莉雅手中接過攜帶用魔石燈，艾絲做兩人的護衛。

跟揮揮手的蒂奧娜她們暫時告別後，蕾菲亞等人開始走向露營地。

「……還好嗎？」

「啊哈哈……我沒事，人家有幫我做治療。」

三人走在夜晚的森林裡，艾絲還是一樣擔心地問他們。

貝爾勉強笑著，強打起精神，但緩緩看向腳下。

「不過，鞋子破破爛爛的呢……」

艾絲手上的魔石燈，照出已經失去原形的靴子。

蕾菲亞與貝爾的戰鬥衣，也都有好幾處留下溶解痕跡。

其中持續泡在溶解液裡的腳尖最嚴重，就像皮膚直到剛才那樣，鞋子與靴子都像被蟲啃過般坑坑洞洞。

貝爾含糊地說：「露營地是有脫下來擺著的護脛甲（greave）……」蕾菲亞側眼偷瞄了他幾下，盡可能用冷淡的口氣說：

「回到營地之後，我會給您替換的靴子，沒有的話我就去城鎮（里維拉）買。」

「咦……可、可以嗎？」

「可以啦！」

看到貝爾回頭，蕾菲亞再次愛理不理地回答。

「請您別誤會了喔。……因為是我害您被捲進來的。」

只是這樣而已！

她對著少年，口氣咄咄逼人地說。

貝爾先是眨了好幾下眼睛，一會兒後，露出好像有點害臊的苦笑。

蕾菲亞把臉扭回前方，想掩飾難為情的感覺。

「……」

艾絲目不轉睛地看著兩人，開口說道：

「你們倆……感情，變好了呢？」

「咦!?」

蕾菲亞怪叫一聲，猛然轉向艾絲。

「不、不是的艾絲小姐!?您誤會了！絕對不可能有那種事，或者該說今後也永遠絕對不可能有那麼一天……！」

「哈哈哈……」

「我說您！您也快解開艾絲小姐的誤會啊!!幹嘛一臉怪樣發笑啊!?」

「果然變好了……」

「不、不是的！艾絲小姐～～～～～～!?」

憧憬少女搞錯重點的指摘讓貝爾‧克朗尼用難以言喻的表情乾笑，艾絲自己一個人恍然大悟地不住點頭，而蕾菲亞則是大哭大叫。

在水晶夜空的凝望下，少年與少女們，三人並肩踏上歸途。

間章

舞台的背面

Гэта казка іншага сям'і.

За кулісамі

從地面長出的藍水晶發出淡淡的、甚至有點妖異的光輝。

在遠離樓層東端的深邃森林一角。

這個四面環繞巨大水晶的場所，響起痛苦的呻吟聲。

有兩個人發出粗重喘息，面對這些聲音的主人，在薄暗中晃動長斗篷的人物，揮響了手中的一挺小太刀。

附著其上的血從銀色刀身飛出。

「好了，我有很多事想問你們。」

深深壓低連衣帽的蒙面冒險者，壓低音調往下看著地上的兩人。

倒在地上的是兩名男子。

就是唆使食人花群攻擊蕾菲亞他們的那些黑暗派系殘黨。

被拿掉護額與頭巾的高大人類以及精靈青年，面對往下看著自己的天藍色冷眼，神色流露出恐懼。

「那些新種怪獸，是你們放出來的嗎？如果是，你們打算在這裡做什麼？」

蒙面冒險者口氣冷峻，不像是那個用「魔法」治癒過同胞少女與白髮少年的人。

周圍的樹叢與水晶上布滿飛濺血跡，男人們的四肢肌腱被無情砍斷，無法動彈。

蒙面冒險者與蕾菲亞等人分手後，就去追趕襲擊了他們的這兩個男人，單純因為新種怪獸的存在令她擔憂，以及一抹憂慮。

這座大森林是她這個精靈的庭園。

這裡有立著朋友遺物的墳場，無論是可供奉墳前的小白花綻放的樹根，還是結著果實的地點，她都再熟悉不過了。只要她出動追蹤，男人們絕對逃不掉。

「呃嗚……!?」

仰躺著的男人們長袍攤開，打開的布料下，全身纏繞著無數鮮紅球體，也就是自盡用的「火炎石」。

他們沒有在牙齒裡暗藏毒藥，因為要自裁也得用燃燒自己皮膚的自爆方式，否則刻在背上的【神聖文字(hieroglyph)】的刻印——刻有自己本名與主神之名的「神的恩惠(Pharna)」都會被「解鎖藥(status thief)」揭穿。

由於明白這一點，蒙面冒險者也沒有塞住男人們的嘴。

握有他們生殺大權的精靈女性，冷酷無情地繼續說：

「還有，這種自盡用裝備……我有看過。」

就是這種裝備奪走了一位朋友的性命。她說。

她用更陰沉的口吻不屑地說，睜大她的雙眼。

「你們是那個派系的倖存者——黑暗派系的殘黨嗎。」

她解放了極大殺氣。

那已不再是憎惡，而是極度純粹且強烈的殺意，令黑暗派系的殘黨們渾身發抖。

兩人驚懼得無處躲藏，流著大量冷汗，那個高大的人類甚至失禁了。

「什麼都不肯說的話，我就羞辱你們的背部，揭穿你們的來歷。揭穿後，我一定會擊潰與邪神同流合汙之人。」

「住、住手!?別這樣!?」

人類男子忍不住連聲慘叫。

他拚命想與往下看著自己、披著精靈外皮的惡鬼拉開距離，但辦不到。

當男人一再搖晃身體掙扎時……精靈青年臉部抽搐著，笑了。

「哈，哈哈哈……」

「有什麼好笑的？」

「我、我可是知道的，那雙眼睛……是發誓復仇，而且完成夙願之人的眼睛。」

就跟我一樣。精靈青年嗤笑著。

憐憫與嘲笑。對方帶著這些情感抬頭看向自己的眼神，讓蒙面冒險者令人膽戰心寒地眯起眼睛。

「不知名的同胞啊，你不想再見到心愛之人……以及死別之人嗎？」

「死者不會復活。」

「但是能夠再會。」

「你在說什麼？」

青年好幾次喘著氣，幾乎要陷入過度換氣的症狀，歪扭著他的美貌繼續發笑。人類同伴好像看到不敢置信的東西，用震慄的眼神注視他的側臉。

就像可憐身世與自己相仿，名符其實的同胞——像觸犯禁忌般，精靈青年顫聲呢喃：

「發誓效忠我等之主吧，這樣一來，妳也——」

就在這時。

從頭頂上飛過一道銳利銀光。

蒙面冒險者以驚人的反應速度閃躲扔向自己的凶刀，同一時間，飛鏢刺進了人類與精靈青年的頸部。

「嘎，啊……？」

「怎……！」

眼看黑暗派系的殘黨噴出鮮血，蒙面冒險者大為驚愕。

暗器是連續投擲的，第一次飛刃讓自己遠離男人們，然後趁自己無法保護他們時，使出的第二射才要真正奪命。

喉嚨空出的洞湧出鮮紅血液，使得男人們再也無法開口，蒙面冒險者猛一回頭，看向刀刃飛來的方向。

藍紫色的連帽長袍（hooded robe）在樹枝上搖晃。

是個戴著可怕紋路面具的謎樣人物。

『這些黑暗派系的殘渣……只會扯人後腿的沒用廢物。』

聽到對方那多種嗓音交相重疊，令人聽了不舒服的聲音，蒙面冒險者正要問他是何人之時。

戴在右臂的金屬手套，從懷中取出猩紅色的「魔劍」。

「——」

那短劍型的劍身，令蒙面冒險者的時間為之暫停。

而假面人不允許她採取多餘行動，立刻揮動了「魔劍」。

劍身吐出的火團，吞沒了奄奄一息的黑暗派系殘黨。

「嗚——!?」

她將斗篷一甩緊急脫身後，現場隨即掀起了激烈爆炸。

那人點燃了「火炎石」，用外在力量強行引爆了它。

蒙面冒險者雖被爆炸波撞擊著，但勉強逃過一劫，抬頭一看，前方的整片慘狀令她瞇起一隻眼睛。地面挖出一個坑洞，草木熊熊燃燒，而曾為人身的物體變成了焦炭碎塊，人肉燒焦的惡臭充斥四周。

蒙面冒險者往頭頂上一看，假面人早已消失無蹤。

「……」

殺人滅口，已經得不到任何情報了。

精靈女性在連衣帽下歪扭著相貌，知道被敵人擺了一道，噬臍莫及。

她嘆著氣環顧四周，所幸火勢被四周環繞的巨大水晶擋住，應該不用擔心大火繼續延燒。在飄散的黑煙與火星中，蒙面冒險者沉默無言地靠近爆炸中心。

已經不可能檢查男人們的隨身物品了，「火炎石」聚集一處的爆炸炸飛了一切。

著火並碎裂四散的肉片，連是哪個部位都看不出來。

蒙面冒險者最後目光哀悼地低垂，打算離開現場。

「……？」

無意間，掠過視野的光輝讓蒙面冒險者停下腳步。

她靠近藏在樹叢暗處的光源，撿起了它。

「這是……」

是黑暗派系殘黨的持有物嗎？如果是，那可真強韌，是被爆炸波吹到這裡的嗎？

雖然多少留下了點被火焰高溫熔化的痕跡，但還保有原本的球形。

大小可容納在手掌心裡，材質是以人手打造的精製金屬（鑄塊）。

內部埋著一顆赤紅球體——有如眼球的物體。

表面刻著既非通用語（Koine）也非【神聖文字】的「D」形記號。

「……魔道具（magic item）？」

詫異的低喃從小巧嘴唇漏出。

不久，蒙面冒險者將到手的球體收進懷中，迅速離開現場。

「目前看來還是什麼都沒找到，蕾菲亞。」

水晶白光灑落，在第18層的早晨。

【洛基眷族】的眾多團員分頭搜索森林時，芬恩這句話讓蕾菲亞呆住了。

「怎麼會……」

從昨天的戰鬥過了一晚。

根據蕾菲亞帶來的情報，芬恩讓團員們調查了這大森林東端的附近地區。蕾菲亞說黑暗派系為了保護或是隱藏某種東西，不惜設置「森林守護者」地底門衛，而芬恩相信她的解釋。

然而，結果就像此時芬恩告訴她的一樣。

從昨晚到現在，他們擴大範圍到處調查，卻找不到任何可疑物品或痕跡。

樓層迎接「早晨」，蕾菲亞一休息恢復了戰鬥疲勞就趕回來，環顧周圍森林與累壞了的團員們，只能大感困惑。

「可、可是……團長！我們的確跟色彩斑斕的怪獸交戰了！」

「我並不是在懷疑妳，也覺得妳的推測很正確。再說看到那麼大一個洞，也不得不信吧。」

小人族領袖往一個地方看去，只見土地上留下了蕾菲亞與貝爾施放的炮擊痕跡。岩盤簡直像發生過地震而裂開崩塌，變得一團亂。

周圍也滿地橫倒的水晶柱塊，不過巨石圈般的新水晶林已經從地面長了出來，逐漸復元，看來這一帶的地下城修復速度很快。

拎著不壞屬性（Durandal）的長槍，芬恩瞇細他湖面般的碧眼。

「這裡曾經有過什麼……或是還留下了什麼？」

「……」

「如果是後者，看來似乎是現在的我們找不到的東西。」

芬恩舔舔拇指指腹，彷彿確定般低語：

「繼續搜索大概也沒用吧，雖然只是我的直覺。」

「那、那麼……」

「對，我們撤退。待在營地的格瑞斯他們也差不多該收拾好行囊了。」

在露營地，艾絲等人、里維莉雅與格瑞斯正在準備歸返。

此次「遠征」意外事故頻仍，使得團員們的疲勞也接近頂點，不能拖延出發日期。

而且也得見到洛基，盡早共享雙方獲得的情報。

對於芬恩的判斷，蕾菲亞不敢置喙。

「無論如何，這個地區（area）都很可疑。我們會重整裝備，再行調查。」

「……我明白了。」

「那我們回去吧。——勞爾，撤退了，召集全員！」

「是的！」

芬恩一聲令下，分散到周圍的團員們開始集合。

蕾菲亞握住魔杖，望著與地底門衛打鬥過的戰場痕跡。

一行人無從得知蒙面冒險者與黑暗派系做過接觸，【洛基眷族】就這樣撤出樓層東端。

終章

回到歸宿

Гэта казка іншага сям'і.

Вярнуць на месца

「兔崽子來過是怎麼回事!?我怎麼沒聽說!?」

「就是因為伯特會吵，我們才沒跟你解釋啊──。好了啦，走了走了──」

「喂，給我等一下！蠢亞馬遜人!?」

【洛基眷族】遠征隊歸返當天。

當樓層的「早晨」時段來臨，露營地吵吵鬧鬧。

各處都在忙著準備出發，艾絲周圍有眾多團員在折疊帳棚，把整理起來的物資塞進搬運用貨物箱裡。在這當中，狼人伯特聽說貝爾曾在這露營地逗留，粗著嗓子質問蒂奧娜與蒂奧涅。

為了運送解毒藥而往返地表與迷宮的伯特，聽到這消息想必大為震驚。因為昨晚回來後，好幾天不眠不休的他沒看到貝爾等人，就跑去睡大覺了。

不過蒂奧娜她們大概也覺得省事，故意沒告訴他就是。

「喂！艾絲！兔崽子真的來過嗎!?」

「嗯……真的。」

被蒂奧娜她們隨便應付了事，伯特暴著青筋，叫住了艾絲。

艾絲老實地點頭，他嘖了一聲說「到底是怎樣啊」……然後緩緩抿緊了嘴。

不久，他的舉動罕見地變得怪異起來。

艾絲正偏著頭不解時，伯特把臉湊過來，壓低了聲音問她：

「呃，我說啊！艾絲……那麼那件事，也是真的？」

「那件事……？」

「就那件啊！那件！就是那個……啊～！說他偷窺妳洗涼水澡什麼的！」

大概是劍姬親衛隊……更正，是團員們打了小報告，伯特向艾絲提起洗涼水澡那件事。她缺乏情緒變化的容顏頓時睜大眼睛，以臉頰為中心染上櫻花色。

艾絲像昨晚一樣扭扭捏捏地搓著手，視線落在腳邊，默默地點了個頭，也不掩飾害臊。

親眼看到少女表示確有此事，伯特大受打擊。

「那、那個混帳……竟然輕易做到連我都不敢做的事？」

渾身顫抖的伯特看來的確大受震懾，而且恐怕是誤會了什麼。

「……艾絲。」

艾絲正要補充說那場騷動是受神唆使引起的，但伯特態度一轉，之前的氛圍消失無蹤，神情變得極其嚴肅。

他那琥珀色雙瞳蘊藏著粗野目光，向艾絲問道：

「兔崽子出現在中層區域(這裡)，就表示……他升上Lv．2了嗎？」

看到青年的眼神，艾絲再度點個頭表示肯定。

「那個混帳……」

伯特彈響舌頭發出「嘖！」一聲。

「艾絲，兔崽子在哪裡？」

「……」

然後他向艾絲問貝爾人在哪裡。

相較之下，艾絲愁眉苦臉——旁人看來就跟平常一樣面無表情——閉口不語。

問他人在哪裡，那當然是在借給他的帳棚裡了，艾絲剛才看到他跟女神(赫斯緹雅)一起進了帳篷。

但艾絲不想告訴伯特，正確來說，是不想讓伯特與貝爾見面。

時間回溯到約兩週前，那是在「遠征」的第一天。在第7層移動之際，艾絲不知是怎麼了，伴隨著嚴重衝擊(打擊)想到少年的憧憬對象……更正，目標或許就是青年(伯特)。老實說她到現在還沒能捨棄這種疑慮，直到今天明明有過好幾次機會，她卻不敢跟少年問清楚。

如果被她猜中了，會怎麼樣？

——伯特先生，我為了得到您的讚賞而努力過了！

——嗄？這點程度少在那得意啦！

艾絲腦中上演著這種對話，腦中的少年兩眼閃閃發光。

…………好討厭。

感覺超討厭的。

具體而言討厭到讓心中的幼小艾絲抱著雙膝愁眉不展。

她非常不想看到那種場面，而且好難過。

所以，艾絲裝蒜了。

Copyright ©Kiyotaka Haimura

「…………那邊。」

艾絲睜眼說瞎話，眼睛速速往旁錯開，指向完全不對的方向。「那邊是吧。」伯特說著，魯莽地往露營地角落走去。

說謊讓艾絲產生了超級心虛的感情，但她就是沒辦法。而且她發現伯特也是，稱呼從「番茄小子」升級成了「兔崽子」。……果然有危險，咕嘟。

「……喂，我想維修同伴的武器，借我磨刀石跟其他工具。」

「唔嗯……？你這是有求於人的態度嗎，韋爾小老弟啊？」

「…………請分點工具給我，拜託。」

「嗯～？鄙人聽不到喔～？」

「這王八蛋……!?」

講著講著，出發準備也漸入佳境。低階團員們忙著進進出出，椿在露營地中心不懷好意地笑著，逗弄那個鐵匠青年玩。他們【赫菲斯托絲眷族】與貝爾一行人出於一些原因，將會跟在部隊一分為二的後續隊後面，由隊伍帶領著前進。

艾絲屬於先鋒隊，他們第一部隊的成員集合在露營地盡頭——南側的甬道方向。早已調查樓層東端回來的芬恩與蕾菲亞，還有蒂奧娜與蒂奧涅等驅除第17層樓層主歌利亞——伯特以搬運解毒藥為優先，憑恃著速度直接通過的「迷宮孤王」——的主戰力齊聚一堂。上了艾絲的當，終究沒能找到少年的伯特也老大不高興地要與他們會合。

走吧。

護胸與護腰具等防具已經裝備齊全，愛劍也佩在腰上，艾絲前往蒂奧娜他們身邊，一行人就這樣成群結隊開始往甬道洞窟移動。

這時候。

「艾、艾絲小姐！」

有人從背後呼喚了走在小隊尾端的艾絲。

艾絲光聽聲音就知道對方是誰，稍微睜大雙眼後，慢慢轉過頭去。

白髮少年似乎是一時情急叫住了艾絲，顯得有些猶豫地來到她身邊。

「您已經要走了嗎？」

「嗯……我被安排到先出發的小隊裡了。」

少年也為了前往地下城，穿著整理好裝備的輕裝打扮。

臉色很好，也沒有昨晚疲勞的陰影，身體狀況看來不錯。

艾絲的愁眉這才舒展開來。這時。

「那、那個……」

「？」

貝爾欲言又止，視線左右搖擺。

他那被某種沉鬱心情……複雜情感翻弄般的模樣，正讓艾絲一臉不可思議時。

貝爾抬起頭來，彷彿甩開迷惘般開口道；

「……請多加小心。」

艾絲內心大吃一驚。

因為就連【洛基眷族】的戰友們，都很久沒對身為【劍姬】的自己這樣說了。

那都是因為大家信賴太過強悍的她，但這句好久沒聽到，已然忘懷的話語，仍在少女心中產生了溫柔的波紋。

「……你也是，要小心喔。」

注意到時，艾絲的嘴唇已綻放了微笑。

「下次見。」

「……」

說完，艾絲轉身背對貝爾。

歸返地表後，兩人恐怕不會再見面了，艾絲與貝爾都會回到自己的家。

下次相見會是什麼時候？

艾絲想著這種事，踏出腳步離開告別的少年身邊。

「艾絲——，妳跟阿爾戈小英雄講了什麼啊——？」

「嗯……寒喧吧。」

「什麼嘛，不是問他能力項目全S的祕訣喔？妳可以問他啊，如果是艾絲的話，那孩子一定會說喔～？」

「呃……應該，不可能吧？」

走在森林裡，艾絲與蒂奧娜她們交談著。

艾絲跟找自己開玩笑的她們有說有笑，同時也找走在身邊的蕾菲亞講話。

「蕾菲亞有沒有跟他，說再見？」

「……」

精靈晚輩板起面孔，回答誤會兩人感情變好的艾絲：

「……該說的都對他說了。」

「？」

昨天很對不起，謝謝您，但我不會原諒您的。

她只對貝爾說了這些，覺得這樣就夠了。

聽到少年又出現在蒂奧娜她們的話題當中，精靈晚輩噘著嘴，讓艾絲不解地偏偏頭。

「那麼，在前往第17層前先做個確認。」

一走出森林，來到樓層南端岩壁開出的洞窟前，芬恩讓部隊停止前進。

先鋒隊由他負責指揮，後續隊有里維莉雅與格瑞斯待命。

芬恩環視蒂奧娜、蒂奧涅、伯特、蕾菲亞、艾絲，以及勞爾等其他團員。

「上面的大窟室出現了樓層主（歌利亞），當然，我們要打倒牠。若是平常狀況的話，應該讓幹部以外的人累積經驗……但這次『遠征』連續發生異常狀況，氣力消耗激烈。所以為了萬全起見，從一開始就讓艾絲你們參加戰鬥。有沒有人有異議……我想應該沒有吧？你們應該也開始想念地表光明了吧？其實我也很想早點回總部，在自己的床上好好休息呢。」

領袖開玩笑的講話方式讓勞爾等人哄堂大笑，不看場合地喊著「不如讓我陪您睡吧!?」的亞馬遜姊姊被妹妹按住時，芬恩放鬆了低階團員的肩膀力道後，重新繃緊表情。

「蒂奧娜、蒂奧涅、伯特，你們三個到前衛位置。不小心打倒樓層主（歌利亞）我也不會講話，不過先拖住牠的腳步。『魔石』一定要撿走。」

「是——！」「了解！」「好。」

「艾絲站中衛，支援攻守兩方。」

「知道了。」

「勞爾你們保護後衛，不用當人牆（wall）的人對付其他嘍囉（怪獸）。」

「是的！」

「魔導士們一衝進大窟室就開始詠唱，準備妥當後，就一齊發射炮火，連同樓層主（歌利亞）殲滅所有敵人。蕾菲亞，信號由妳打。」

「好、好的!?」

芬恩對各團員下達命令。

散發領導者氣質的他並不緊張，輕描淡寫地告訴眾人：

「三分鐘搞定，我們上——所有人準備迎戰。」

全體團員一齊拔出武器。

裝備起武器的他們，已經露出短短幾分鐘就能擊敗「迷宮孤王」，都市最大派系精銳們的神情。

艾絲等人定睛注視著薄暗綿延的洞穴。

喔喔喔喔喔——巨人的嘶吼自甬道傳來，他們衝入其中。

「……」

火炬的火焰搖曳著。

這是座彷彿「古代」神殿的石造大廳，四周昏暗，除了火焰燃燒聲之外，盡皆籠罩在寂靜之中。

此處就是公會本部地下「祈禱廳」。

在設置了四把火炬的中央祭壇上，坐在巨大神座上的老神烏拉諾斯，瞇細了他的蒼色雙眸。

「怎麼了，烏拉諾斯？」

看到他往下注視自己的腳邊，侍立身旁的黑衣人出聲問道。

烏拉諾斯對自己的隨從魔術師（mage）費爾斯開口道：

「我的神意（聲音），傳不到地下城了。」
聽到這句話，費爾斯一瞬間變得僵硬，然後晃動著他的漆黑長袍，驚愕地叫道：
「你難道是說『祈禱』中斷了嗎!?」
「正是……地下城失控了。」
被費爾斯一問，烏拉諾斯回以令人驚懼的一句話。
他目光險峻，定睛注視著目前坐著的祭壇正下方擴展的地下迷宮。
「恐怕是有神入侵了地下城，而地下城察覺到了。不過，這……」
說出自己的看法後，不動如山的老神中斷了話語。
他就像無法解決胸中懷抱的畏懼，散發出抑鬱的沉默。
「……烏拉諾斯，這是……」
「是的……」
烏拉諾斯對費爾斯所言點點頭。
「宙斯等人不在之後，就要迎接轉變，是嗎……」
他像是讓視線飛往這裡以外的某處，仰望黑暗堵塞的頭頂上方。
不久，天神靜靜瞑目。
「時代即將變動。」

「……？」

隔著靴子傳來的震動，讓艾絲往下看了看。

「在搖晃……？」

「地下城在顫動？」

不只她在注視腳下，蒂奧娜、蒂奧涅、伯特與蕾菲亞等先遣隊的隊員全都往下看著迷宮地面。

這裡是地下城「上層」第8層。

一行人早已脫離中層區域，氣氛也鬆弛下來時，忽然感覺到一陣搖晃，讓部隊不禁佇足。沒經歷過的事可以說全都是異常狀況的預兆，許多高級冒險者都親身理解了這一點。

就連迷宮各處的怪獸們，也都畏怯地從艾絲等人的視野中消失。

震源似乎位於比這裡更深的樓層，所有人都表示出困惑。

「團長……」

「……部隊繼續前進，以歸返地表為優先。考斯，為了以防萬一，你帶著娜維去看看里維莉雅他們的情形。」

不理會顯得不安的勞爾，芬恩冷靜應對。聽了他的命令，犬人青年點頭說「知道了」就帶著人類少女沿著正規路線折返。

聽從芬恩的指示，先發部隊再度開始前進。

震動很快就平息下來，結果沒發生什麼事，一行人就這樣抵達了迷宮的出入口。

沿著人工的螺旋階梯拾級而上，走出地下城的大洞，穿過巨塔（巴別塔）的大門。

艾絲等人的肌膚，受到風的吹拂。

地表到了。

「啊～，好久沒回來了～！」

手持大雙刃的蒂奧娜搶先表示興奮。

成功歸返地表的【洛基眷族】團員們，接觸到陽光、遼闊天空與風的香氣，都綻放出春風滿面的表情。

「晚霞……」

「『遠征』回來後，每次看都覺得好耀眼呢。」

蕾菲亞的眼眸不由得溼了，蒂奧涅瞇細眼睛。

在摩天樓設施門前，火紅的夕陽光擁抱著來到中央廣場（Central Park）的他們。

斜陽就要沉入市牆後面。

理應看習慣了的晚霞景色，看在此時的他們——撐過激戰生還的冒險者們眼裡，美得任何財寶都無法取代。

之後，艾絲等人等待後續小隊上來。他們在中央廣場北部的一角待機，吸引著周圍的注目與嘈雜，三十分鐘後，格瑞斯與里維莉雅率領的部隊就帶著大型貨物箱現身了。

跟蒂奧娜等人一樣，面露笑容的團員們吸進一大口地表空氣。

「……那幾個孩子，留在第18層？」

「是啊，聽說是有『雜事』要辦。」

部隊全員到齊集合時，艾絲聽里維莉雅說貝爾等人留在第18層。知道他們沒跟後續隊一起回來，艾絲雖有點擔心，但還是跟同伴一起踏上歸途。

「這次很愉快，【洛基眷族】。下次有機會，我們再同甘共苦吧。」

「謝謝妳，椿。」

他們在中央廣場與【赫菲斯托絲眷族】告別。

椿瞇細沒戴眼罩的右眼，與面露笑容的芬恩握手。受到兩位團長的影響，冒險者與鐵匠們也手拉著手，擁抱對方的肩膀。

不久帶著鐵鎚的工匠們與艾絲等人，互相轉身背對對方，各自走向自己的歸宿。

往中央廣場、北大街，然後是網狀分歧的街道。

看到冒險者們拉著大型貨物箱凱旋而歸，眾多一般市民從路旁或是建築物樓上大聲歡呼祝福他們。接受著大人們的歡呼與孩子們的憧憬眼神，蕾菲亞等人胸中懷藏著驕傲與少許靦腆，走在晚霞染紅的路上。

不久，就看見好幾座尖塔互相重疊的長型宅邸。

「終於回來了……」

在都市北部，偏離繁華大街的街道旁。

比周圍一帶的建築物都要高聳，既長且大的宅第。

蒂奧娜感慨萬千地低喃，其他人也仰望著大本營（總部）「黃昏館」。

「我們回來了，麻煩開門。」

男女兩名守衛笑逐顏開地敬禮，照芬恩說的開門。

開啟的正門當中，留守的團員們把狹窄前院擠得水洩不通。

「——你們回來啦啊啊啊啊啊啊啊啊啊啊啊啊啊啊啊啊啊啊啊!!」

這時，突如其來地。

好像算準了遠征隊進門的時機，一個人影跑了過來。

晃動著朱紅色頭髮的她看都不看男性陣容一眼，一直線衝向艾絲等女性陣容。

她助跑之後一口氣跳起來。

「大家都沒事嗎——!?感動的重逢——!唔喔喔喔喔喔喔喔——!」

看到性好女色的主子筆直伸出雙手撲過來，躲！躲！躲！艾絲、蒂奧娜與蒂奧涅一如平常地躲開。

而待在最後面的蕾菲亞……

「咦，等——請不要這樣!!」

「咕喔啊!?」

她抓住了主神的手臂，流暢地將她摔在地上。

看到如此華麗的迎擊，「哦——！」艾絲等女性陣容都拍拍手。

「喀哈……妳、妳變強了，蕾菲亞，我都認不出妳來了……」

主神洛基在地上痛苦打滾，兩眼帶淚地出言讚美。

少女氣喘吁吁，滿臉通紅地大叫：「請不要做些怪怪的舉動!?」

「洛基，這次也無人犧牲，也有收穫。有很多事想跟妳聊聊……妳要現在就聽嗎？」

芬恩靠近過來，對洛基笑笑。

躺在地上的她，也咧嘴回以笑容。

「嗯嗯——，這個嘛……那麼，首先呢！」

她咻一下站起來，急急忙忙跑向宅邸那邊。

主神回到出來迎接的團員們身邊，一回頭，轉身面對歸返的眷屬們。

「雖然累積了一大堆問題，總之就先……」

芬恩、里維莉雅、格瑞斯、蒂奧娜、蒂奧涅、伯特、蕾菲亞、勞爾等其他團員，以及艾絲。

注視過每一個人的臉後，洛基變得笑容滿面。

「歡迎你們回家。」

聽到這句話，她背後的團員們也高舉雙手，齊呼歡迎之詞。

受到家人的迎接，艾絲他們都回以笑容。

「我回來了。」

豎立於中央塔的小丑旗幟，讓溫和微風吹動著，閃耀著棗紅色光芒。

【洛基眷族】的漫長「遠征」在今天結束了。

BETE LOGA

Гэта казка іншага сям'і.

伯特・羅卡

隸屬	洛基眷族		
種族	獸人（狼人）	職業	冒險者
到達樓層	第 59 層	武器	金屬靴（metal boots） 雙劍
所持金錢	－47800000 法利		

Status　Lv.5

力量	B766	耐久	C647
靈巧	B729	敏捷	B965
魔力	10	獵人	G
異常抗性	G	拳打	G
魔防	H		

魔法	哈提	・附加魔法（enchantment）。・火屬性。 ・魔力吸收（magic drain）。・損傷吸收（damage drain）。
技能	月下狼嘯（Úlfheðinn）	・只限達成月下條件時發動。 ・獸化，全能力參數獲得超高加成。 ・異常無效。
技能	孤狼疾驅（Fenris Wolf）	・強化奔馳速度。
技能	雙狼追驅（Sól Máni）	・強化加速時的「力量」與「敏捷」能力參數。

裝備　弗洛斯維爾特

・精製金屬（秘銀）製金屬靴。

・【赫菲斯托絲眷族】椿・柯布蘭德製作。93000000 法利。

・伯特自行設計、訂製的專用武裝（客製品），是目前歐拉麗唯一具有魔力吸收屬性的特殊武裝（superiors）。

・已經是第二代，比起具有實驗性質的前作，掌握了製法的椿重新打造，使得性能有所提升，成為稱得上第一等級武裝的作品。

裝備　羅蘭雙刃

・不壞屬性。

・鐵匠大師椿製作的系列作《羅蘭》之一。

・形狀為雙劍，雖是攻擊力較低的不壞屬性，但具有相當於第二等級武裝的威力。

・108000000 法利。

後記

為了不重蹈本傳第八集的覆轍，我一邊注意頁數一邊執筆，結果反而發生了厚度嚴重不足的狀況，這就是外傳第五集。總算是度過難關了。

以時間序列來說，這次正好與本傳同樣排在第五集（與第四集），再加上外傳的主角們與本傳的主角們產生了很大連繫，因此這集就讓我當成小休息。

我是不打算說什麼「其實本傳背後有這樣的一段情節——」，不過除了本來就想寫的外傳大綱，我又重看了好幾遍本傳第五集，全力注意不要產生矛盾。但如果讀者發現了什麼吐槽點……懇請大家以溫柔的笑容多多諒解。

從前一集我就有在注意，除了主要角色以外，也要多少描寫一點所謂的配角。外傳與系列本傳不同，難得是以大家庭組織為主，所以我想到可以深入描繪人際關係等要素。像是幕後功臣配角們的活躍表現，或是平淡無奇的炊事等日常風景，都特別讓我興奮雀躍。當然，同時我也會留意不讓他們搶了主角們的戲份。

另外，配角當中也有從矢樹貴老師於GANGAN JOKER連載中的外傳漫畫版逆輸入的角色（當然有獲得老師許可！）。拿小說與漫畫交相比對，說不定會另有一番樂趣喔。

那麼容我順勢進入謝詞的部分。

首先是將漫畫版描繪得比原作小說更精彩刺激的矢樹貴老師，謝謝您一直描繪出如此精彩萬分的漫畫。逆輸入一事也得到老師爽快答應，真的讓我很興奮。編輯部的小瀧大人、高橋大人，以及為本作添上精美插畫的はいむらきよたか老師，這集也受各位照顧了。也感謝あわむら赤光老師允許我的部分描寫，請讓我再跟您一起研究慘痛的綽號吧。

也深深感謝總是賞光買下拙作的各位讀者。

最近我開始收到各位讀者寄來的粉絲信，真的真的很開心，謝謝大家。我在本傳第七集的後記寫到自己瘦了，很多讀者表示關心；我這陣子正在狂吃白米飯增加體重，作者很健康，抱歉讓各位擔心了。

下一集我希望能寫以亞馬遜姊妹為主角的故事，我會努力盡快將續集送到各位手上，希望各位能繼續支持。再見。

大森藤ノ

日本SB Creative Corp.正式授權繁體中文版

在地下城尋求邂逅是否搞錯了什麼8

作者：大森藤ノ
Fujino Omori

插畫：ヤスダスズヒト
Suzuhito Yasuda

——王國軍出兵。

軍神阿瑞斯突然率領王國軍來襲，進攻迷宮都市的軍勢總數三萬。面對進逼的軍靴跫音，歐拉麗——依舊如常。

「難得有這機會，偶爾讓貝爾小弟他們放鬆一下吧。」

強過頭的冒險者們讓市牆外的侵略者慘叫連連時，歐拉麗照樣過著平穩日子。小人族的求婚、親愛的護花使者、城市姑娘的祕密、獻給諸神的戀歌——然後是女神編織的戀曲，神與孩子們為各位獻上簡單樸實的日常篇！

「我會永遠陪在你身邊的，貝爾。」

這是由少年踏出軌跡、女神所紀錄下來的

——【眷族神話】——

青文出版集團網頁：http://www.ching-win.com.tw

最弱無敗神裝機龍《巴哈姆特》8

作者：明月千里　插畫：春日步

「我、我到底是怎麼了呢……？僅看著路克斯，就產生這種心情——」

舊時代皇族「創造主」，現身要求展開對話。與「七龍騎聖」一同在世界高峰會現場對峙的路克斯，成功與兄長弗基爾邂逅，得知可怕的世界滅亡危機。

然後，校內最大活動——學園祭終於開始。

與親密的少女們彼此交流，路克斯享受短暫的祭典熱鬧氣氛。

另一方面，就在賽莉絲受到父親指責過度放鬆，對路克斯的心情感到困惑時，世界毀滅的序曲——最大最強的人型終焉神獸「聖蝕」露出猙獰面目！

王道與霸道交錯，「最強」學園幻想戰記第８彈！

青文出版集團網頁：http://www.ching-win.com.tw

日本SB Creative Corp.正式授權繁體中文版

異世界拉皇探求者1 精靈公主光溜溜

作者：西表洋　　插畫：モレ

「呀!?兄長大人，這，這個是？」梅抖得像個聽到死刑宣告的犯人，碗公當前的她露出彷彿快哭出來的眼神看著叉。「沒問題的，妳就快點吃吧！麵條會泡漲的。」「真的沒問題嗎……」在現世開了26間拉麵店，並且在半年之內經營到全數倒閉的主角．叉。記憶原封不動殘留下來的他，居然投胎轉世到了一個奇幻世界!?在這個沒有競爭者的世界裡，他打算用聽說是最美味的龍肉製作叉燒，在拉麵道上登峰造極。叉能實現他的野心嗎!?獲得第6回ＧＡ文庫大賞獎勵賞，異世界拉麵加量再加量的愛情喜劇！比起拉麵，更推薦女主角喔！

日本SB Creative Corp.正式授權繁體中文版

異世界拉皇探求者2 騎士小姐彈晃晃

作者：西表洋　插畫：モレ

「梅，那到底是什麼？」「兄長大人不妙了，那是──」某一天，在叉攤位的對岸開了一家沒看過的路邊攤。「沒想到居然會在冒險者學院的校園內出現競爭店面──太大意了。」雅典娜擔心著本就接近沒有的顧客，而且競爭店的老闆甚至還前來要求一決勝負──!?「賣拉麵的不需要有兩攤。所以就由我來弄倒你的攤子後把你收為部下吧。」「──很好，那就開戰吧。」龍子重重地放下碗公後這麼說。比賽的最後結果將會是!?由受到第６回GA文庫大賞獎勵賞肯定的拉麵，帶來湯義麵般的異世界拉麵大幅加量戀愛喜劇！

青文出版集團網頁：http://www.ching-win.com.tw

在地下城尋求邂逅是否搞錯了什麼 外傳 劍姬神聖譚5

原書名：ダンジョンに出会いを求めるのは間違っているだろうか外伝 ソード・オラトリア5

作者：大森藤ノ
插畫：はいむらきよたか　角色原案：ヤスダスズヒト
譯者：可倫

2017年2月25日　初版一刷發行

發行人：黃詠雪
總編輯：洪宗賢　副總編輯：王筱雲
責任編輯：黃小如　責任美編：廖珮伊

國際版權：劉瀞月

出版者：青文出版社股份有限公司
住　址：10442台北市長安東路一段36號3樓
電　話：（02）2541-4234
傳　真：（02）2541-4080
網　址：www.ching-win.com.tw

法律顧問：敦維法律事務所　郭睦萱律師

製版所：嘉陽印刷事業有限公司
印刷所：立言彩色印刷有限公司

國家圖書館出版品預行編目資料

在地下城尋求邂逅是否搞錯了什麼. 外傳, 劍姬神聖譚 /
大森藤ノ作；可倫翻譯. -- 初版. -- 臺北市：青文, 2016.06-
　冊；　公分
譯自：ダンジョンに出会いを求めるのは
間違っているだろうか. 外伝, ソード.オラトリア

ISBN 978-986-356-407-2(第5冊：平裝)

861.57　　105006937

親愛的讀者：

感謝您購買青文出版社的輕小說！為了提供更優質的服務，我們期待收到您的意見。煩請詳填本資料卡，傳真至02-2541-4080或彌封並貼妥郵票後擲入郵筒寄出，您將有機會獲 得青文『最新出版的輕小說』以及新書出版資訊喔！

姓名：________________ 性別：☐ 男 ☐ 女

年齡：☐ 18歲以下 ☐ 19～25歲 ☐ 26～35歲 ☐ 36歲以上

電話：________________ 手機：________________

地址：________________

E-mail：________________

職業：☐ 學生 ☐ 公務員 ☐ 教育 ☐ 傳播 ☐ 出版 ☐ 服務 ☐ 軍警 ☐ 金融 ☐ 貿易
☐ 設計 ☐ 科技 ☐ 自由 ☐ 其他 ________________

喜愛的書籍類型：（可複選）

☐ 奇幻冒險 ☐ 犯罪推理 ☐ 電玩小說 ☐ 純愛系列 ☐ 動漫畫改編 ☐ 電影原著改編
☐ 歷史 ☐ 科幻 ☐ BL ☐ GL ☐ 其他：________________

購買書名：________________

購自：☐ 書店，在________縣/市 ☐ 漫畫店，在________縣/市
☐ 青文網路書店 ☐ 網路 ☐ 劃撥 ☐ 其他：________________

從何處得知此輕小說？

☐ 青文網路書店 ☐ 青文輕小說blog ☐ 網路 ☐ 店頭海報 ☐ 在書店看到 ☐ 書展/漫博會
☐ 報章雜誌（報紙/雜誌名稱：________________）
☐ 朋友推薦 ☐ 其他：________________

為何購買此書？（可複選）

☐ 喜愛作者 ☐ 喜愛插畫家 ☐ 喜愛此系列書籍 ☐ 買過日文版 ☐ 看過內容簡介而產生興趣
☐ 贈品活動 ☐ 朋友推薦 ☐ 其他：________________

對本書的意見：

封面設計：☐ 優良 ☐ 普通 ☐ 不好　翻譯品質：☐ 優良 ☐ 普通 ☐ 不好
小說內容：☐ 優良 ☐ 普通 ☐ 不好　整體質感：☐ 優良 ☐ 普通 ☐ 不好
內容編排：☐ 優良 ☐ 普通 ☐ 不好

讀者服務信箱： mk@ching-win.com.tw
青文網路書店： http://www.ching-win.com.tw

3.5元郵票

10442
台北市長安東路一段36號3樓

青文出版社
CHING WIN PUBLISHING CO.,LTD

輕小說編輯部　收

意見或感想：

若有任何問題請至青文網路書店發問

青文網路書店：http://www.ching-win.com.tw

★請用膠帶黏貼後投入郵筒內（請勿用釘書機、膠水或將回函完全封死、黏死）